蝶の館

サラ・クレイヴン 作

大沢　晶 訳

ハーレクイン・ロマンス

東京・ロンドン・トロント・パリ・ニューヨーク・アムステルダム
ハンブルク・ストックホルム・ミラノ・シドニー・マドリッド・ワルシャワ
ブダペスト・リオデジャネイロ・ルクセンブルク・フリブール・ムンバイ

COUNTERFEIT BRIDE

by Sara Craven

Published by Harlequin Japan, a Division of K.K. HarperCollins Japan, 2025

サラ・クレイヴン

イングランド南西部サウス・デボン生まれ。学校を卒業後、ジャーナリストとして働いたのち、1975 年に『バラに想いを』で作家デビューした。40 年以上にわたって活躍し、93 作品を上梓。ロマンス作家協会の会長も務めた。陰影のある独特の作風で読者の心を揺さぶり続けたが、2017 年 11 月、多くの人に惜しまれつつこの世を去った。遺作は『恋も愛も知らないまま』(R-3364)。

主要登場人物

ニコラ・タラント……………………秘書。
エレイン・フェアモント……………ニコラの友人。
テレジータ・ドミンゲス……………ニコラの友人。
クリフ・アーノルド…………………テレジータの恋人。
ルイース・アルバラード・デ・モンタルバ……農場主。
ラモン・デ・コスタンサ……………ルイースのいとこ。
ピラール………………………………ラモンの妹。
イザベラ………………………………ラモンの母。

1

「いよいよメキシコともお別れね」エレイン・フェアモントが珍しく感傷的な声を出した。「いざとなると、さすがに名残惜しいわ」

ニコラは荷造りの手を休め、軽くおどけた表情で親友の顔を見つめた。「あら、あんなにロサンゼルスを恋しがっていたあなたが？　でも、私といっしょにメキシコを旅行して回る気にはなってくれないんでしょうね」

「そうね、やっぱりまっすぐ国へ帰るわ。それに、本で読んだけど、アステカ族の中にはいまだに怪しげな風習が残ってるそうじゃない？　ロスに帰ってから夜な夜な悪夢にうなされるのはご免こうむりたいわ」苦笑しながら言った後でエレインは真顔になった。「あなたこそ、決心は変わらないの？」

「トランス化学のみんなといっしょにカリフォルニアへ来ないかっていうこと？」ニコラはほほ笑みながらかぶりを振った。「親切な人ばかりで本当に楽しく働かせてもらったけれど、この会社と契約したのは純粋に手段だったんですもの――あこがれのメキシコを見て回るための」ユーアンのいるチューリヒからできるだけ遠ざかるための手段でもあったとニコラは思い、胸に鈍い痛みを感じた。

「じゃあ、今度は合衆国を見て回るための手段として契約を結び直しなさいよ」エレインが熱心に言った。「私の家族も首を長くして待ってるのよ」

「ありがとう。でも、旅行が終わったら、またヨーロッパで働こうかと思ってるの」

「だったら、スペインがいいんじゃない？」エレインは即座に言った。「あなたのスペイン語は現地の人も顔負けだもの」

「どこでもいいけれど、メキシコよりは女性の地位が尊重される国で働きたいわね」ニコラは金色の巻き毛を振って渋面を作った。「見ず知らずの男性が通りすがりに言い寄って来るなんて、女性を何だと思っているのかしら！」

「そう、むきにならないで」エレインは陽気に笑い、不要の書類を細断機《シュレッダー》に投げ込んだ。「知らない男性から声をかけられても私は平気だわ。本気にしなきゃいいんだし、それに、お世辞とわかってても褒められて悪い気はしないわよ。リブの人たちが言ってることもわかるけど、女性解放一点張りじゃあねえ……私の姉ときたら、女性の自意識とかに目覚めたお陰で、ひどい騒ぎよ。泣いてばかりいるちびたちを抱えて離婚の慰謝料だ、財産分与だって、てんやわんや！」

ニコラは書類を入れた段ボール箱をガムテープで入念に封をした。「リブの運動はともかく、この国の女性蔑視《べっし》はひどすぎるわよ。女性は男性の従属物としか見られていないんだもの、十六世紀の征服者時代からちっとも進歩していないのも同じだわ。現に、テレジータを見ればわかるでしょう？」

「テレジータのどこを見るの？」

「全部よ」ニコラは両手を大きく広げた。「私たちのルームメイトになってから三カ月もたつのに、後見人にしかられるのが怖くて、いまだに修道院の寄宿舎を出たことを報告できずにいるわ。そんなことにまで、なぜ後見人の許可が要るの？」

「あなたが憤慨することはないんじゃない」エレインは穏やかに言った。「私たちが心配してあげなくたって、テレジータはうまくやっていくわよ」

「クリフがいるから大丈夫だって言いたいの？　それもそうね」ニコラは新しい段ボール箱を開けて再び書類を入れ始めたが、エレインの少しそっけない声を聞いて驚いて顔を上げた。

「私、そういう意味で大丈夫だとは思っていないわよ、ニコラ」

「まあ、どうして？　クリフは思いやりのある優しい人よ。結婚すれば、きっと幸せな夫婦になれるわ。それとも、あの二人が結婚しないとでも思っているの？」相手がうなずくのを見てニコラは目を丸くした。「今さら、何を言いだすのよ！　あんなに愛し合っているカップルは見たこともないって言ってたのに」

「テレジータとクリフは確かに、はたで見てもほほ笑ましいくらいお似合いのカップルだわ。でも、結婚となると……」エレインはゆっくりとかぶりを振った。「無理よ。恐ろしい後見人が一介の化学技師との結婚を許してくれると思う？」

「だって、その人はたまに手紙をよこすぐらいで、めったに会いにも来ないんでしょう？　結婚に口出しするほど彼女のことを気にかけているとは思えないわ。それに、クリフのどこがいけないの。今どき珍しいくらい、いい人だわ。学歴もあるし、結婚して家庭を築くには十分な収入も……」

エレインは肩をすくめた。「テレジータのような女の子を妻にするとなると、果たしてそれで十分かしらね。例えば、彼女は今までに何度、お金の取れる仕事に就いた？　私たちの知る限り、一度きりよね。しかも、会社の電話交換手が休暇を取ってた二週間だけ。その後、仕事の話はさっぱり来ないけれど、不思議なことかしら？」

ニコラは吹き出しそうになった。テレジータが交換台に座っていた二週間の間に、いくつの伝言が忘れたまま放置され、あるいは間違って伝わり、何本の電話が通話の最中に誤って切られたか、思い出せないほどだ。社員一同、憤慨を通り越してあきれ返り、なぜ彼女が半日で首にならなかったのだろうといぶかしがったものだ。

「そうね、不思議じゃないわ」ニコラは笑いをかみ殺しながら言った。「でも、今は働いているわよ」

「修道院の人たちといっしょに無報酬の社会奉仕をしているのは、私たちの言う〝仕事〟の部類に入らないわ」エレインはドライに断言した。「だいいち、私たちの家賃の分担分や、あの膨大な数のドレスを買い集める費用は、いったいどこから出てるわけ？それに、あの宝石類だって……」

「宝石には違いないけれど、模造品でしょう？」

「本物よ、正直正銘の」唖然《あぜん》として声も出ないニコラに向かってエレインは淡々と言った。「私、サンタバーバラで宝石店を開業している叔父のところで学生時代にアルバイトをしていたの。だから、宝石の真贋《しんがん》を見分ける目は確かよ」

ニコラは低いうめき声を上げた。「いつか三人で夕食に出たときに私が借りた真珠のネックレス――あれも本物だったの？」

「もちろんよ。よく似合っていたわ」

「どうだっていいわよ、そんなこと」ニコラは泣きそうな顔で言った。「もしなくしたり、誰かに盗まれてたとしたら……ねえ、どうすればいいの？」

「どうもしなくていいわよ、なくしも盗まれもしなかったんだから」相変わらずエレインは淡々としている。「私が言いたいのはね、ことほどさようにテレジータは裕福な孤児だっていうことよ。だから、良識ある後見人なら彼女と釣り合いの取れる程度の金満家を花婿に選びたがって当然だと思うわ」

ニコラはがっくりと肩を落とした。「でも、テレジータはもう大人よ。結婚相手は自分で……」

「年齢からいえば確かに大人だわ。だけど……」エレインは軽くかぶりを振った。「私たちと同居するっていうことだけでも、彼女には大冒険だったのよ。今だって修道院へ日参している理由の一つは、後見人から連絡があったときに寄宿舎を出たことを知られるのが怖いからでしょう？　そんなテレジータが、外国人男性と婚約したなんていう重大事を後見人に報告できると思う？　できっこないわよ」

「重大事だからこそ、できるんじゃないかしら」ニコラは反論した。「今度ばかりは、彼女も必死の勇気を奮って後見人に立ち向かうと思うわ」

「そこは意見の分かれるところね」エレインはシュレッダーの仕事に戻った。「さあ、もうひと頑張り、ここを片づけてしまいましょう」

「そうね」軽い吐息とともに言うと、ニコラも荷造りをまた始め、その後は二人とも無言で作業を続けた。

エレインならずとも、ここを去るのがこんなにもつらくなろうとは当初、予想もしていなかったことだ。化学プラントに関する専門的な予備知識など皆無の状態でトランス化学の社員募集に応じたのは、とにかくチューリヒから遠くへ行きたい、ユーアンが勤務先の会社の社長令嬢と結婚する姿を見たくないという、それだけの動機からだった。だから、学校時代に秘書としての専門教育を受けたとはいえ、化学畑に無知な人間を会社が採用してくれるとは初めから期待もしていなかった。

しかし、これも学校で修得したスペイン語の能力が買われたのか、大多数のアメリカ人にまじって、ニコラはイギリス人としてただ一人、メキシコの化学プラント建設現場に赴くことを許された。難関を突破した喜びが、ユーアンから受けた屈辱や苦しみをいくらかは和らげてくれた。ただ、心の傷が完全に癒《い》える日は、今のところとうてい来そうもない。それほどまでに深く彼女はユーアンを愛していたし、ユーアンからも愛されていると信じていた。それは決して彼女の一方的な思い込みではなかったはずだが、ユーアンは同時に、結婚を足掛かりに出世を遂げようという大きな野望を持っていた。そこで彼は単純明快な妥協策を考え出した。社長令嬢と近く結婚することになったと告白した後で、彼はニコラを抱き締めながら、結婚しても二人の関係はこのままだよと誓ったのだ。

ユーアンは未来の義父である社長から結婚後は副社長にするという約束を取り付けていた。その約束が実行されたあかつきには、ただちにニコラを自分の個人秘書に採用するつもりだと彼は言った――

〝仕事を口実にすれば二人きりの時間はいくらでも持てる。出張という名目で世界じゅうを二人で旅行して回ろうじゃないか……〟

彼の腕の中で、ニコラは全身が石に変わっていくような恐ろしい感覚と闘っていた。唯一の救いは、二人が男女としての最後の一線をまだ越えていないということだった。愛する男の求めるものをどうしても与えられずにいる自分の臆病《おくびょう》さをニコラは何度かののしったものだが、結果的には、意識下に隠れすむ一種の動物的自衛本能が危険を予知して身を守ってくれたようにも思えた。

男性に対する夢や幻想をすべてチューリヒに置き捨ててニコラは単身、このメキシコ・シティーにやって来た。通りすがりに言い寄って来るメキシコ男性は言うまでもなく、同僚のアメリカ人男性たちに対しても彼女は断固としてつけ入るすきを与えなかった。彼らの一部が陰で〝雪の女王《スノー・クイーン》〟のあだ名を自分に付けたという噂《うわさ》が耳に入ると、さすがにいい気持はしなかったが、身を守るという点からいえば、むしろ歓迎すべき事態だった。

にもかかわらず、ニコラに近寄る男性は後を絶たなかった。輝く緑色の目、形のよい小さな鼻、意志の強そうな口もと、そしてユーアンと別れる以前にはなかった冷たく取りすました雰囲気自体が男心を誘っていることを彼女は知らなかった。

「同じ肘鉄を食わすにしても、もう少し優しい断り方はないの？」ある日、エレインがたまりかねたように言った。「かわいそうに、クレイグは泣き泣きアメリカに帰ってしまったじゃないの」

「だって、しつこすぎるんですもの」

「あなたが冷たすぎるのよ。一度や二度、付き合ってあげても、どうってことはないんじゃない」そう言うエレイン自身はボーイフレンドをつぎつぎに取り替えて気軽にアバンチュールを楽しんでいる。

「チューリヒで何があったか知らないけど、早く別の人を見つけて過去なんか忘れてしまいなさいよ」

　そういう相手と巡り合うチャンスは、たぶん永久に来ないだろうとニコラは思っていた。そもそも、生まれて初めて両親のもとを離れた心細さで、一時的に弱気の虫に取りつかれていただけで、そうでなければユーアンの優しさに惹《ひ》かれて彼をあんなにまで愛するようになったかどうか怪しいものだ。

　親もとを離れて海外に飛び出したのは誰に無理強いされたのでもない、ニコラ自身の子どものころからの願望だった。働きながら世界各地を見て回りたいという彼女の夢を両親も応援してくれた。幸い語学の才能にも恵まれ、学生生活を終えるころにはフランス語、ドイツ語、スペイン語を自在に操れるまでになっていた。

　いったい誰に似て、こんなにも旅にあこがれるようになったのかとニコラは時おり不思議に思うことがあった。父も母も、娘の旅先から来る手紙や写真を楽しみに待ってはいるものの、サマーセットのバートン・アバスにある農場を自分たちの唯一の世界と信じて平和に暮らしている。まだ学校に通っている弟のロバートも、いずれは農場を継いで両親と同じ道を歩いて行くに違いない。家族や親類を見渡す限り、旅への果てしない思いに駆り立てられているのはニコラただ一人だった。

今もまた、彼女は次の働き口のあてもないまま、気ままな一人旅に出かけようとしている。トランス化学のメキシコ駐在員たちはニコラの能力を高く評価し、プラント建設を終えて現地事務所を引き払うに当たって、ぜひ自分たちといっしょにアメリカ本社で次の仕事をしようと熱心に勧めてくれた。好意にあふれた誘いをあえて断った理由を探すとすれば、旅をすることによって心の傷を少しでも忘れたいという誘惑に勝てなかったからだ。

ただ、せっかく親友になったエレインとの別れの日が来たことは残念だった。ここにやって来たとき、ニコラは会社側が探してくれたアパートに一人で住むのではないと知らされて少々おじ気づいた。カリフォルニア生まれの長身で赤毛の娘とスムーズな同居生活が送れるという保証は、どこにもなかった。しかし、ルームメイトになったその日から、二人は長年の友人のような付き合いを始めた。今になって思い出せるような深刻なトラブルは一度も起きなかった。そして、しばらくしてルームメイトにさらにテレジータが加わったのだ。

なんとも珍妙な取り合わせの三人娘だったと思い返して、ニコラは口もとをほころばした。口は悪いが快活でさっぱりした気性のエレイン。はにかみ屋で気が優しく、常に後見人の影におびえているテレジータ。そして、ニコラはといえば、エレインが決して悪意ではなく話したところによると〝生まじめが服を着て歩いているような〟娘だそうだ。

ある意味でニコラはテレジータをうらやましく思っていた。女性は男性に従うものと信じて疑わず、人生の目的を良き妻、良き母親になることと確信しているテレジータ。寄宿舎を飛び出すというささやかな抵抗も、結局は彼女の目的実現を、よりいっそう早める働きをしたにすぎない。アパートでの同居生活がなければ、クリフ・アーノルドとの恋愛も、たぶん実らずに終わったことだろう。

テレジータが臨時の交換手を務めていた多事多難な二週間の間に二人は知り合った。クリフもまた、重要な話の最中に電話を切られ、血相を変えて交換台に駆け付けた一人だ。しかし、生かしてはおかないはずだった相手の顔を見たとたん彼は――目撃者の証言によると――雷で打たれたように棒立ちになった。そして、自分が何をしに来たのか忘れてしまい、それから三十分以上もテレジータに交換機の扱い方を親切に教えていったという。彼の指導は残念ながら実を結ばなかったが、少なくとも二人にとって大いに有意義な時間であったことは確かだ。

テレジータが引っ越して来てからというもの、クリフは毎日のように娘たちのアパートを訪れた――ワイン、花束、あるときは鳥かごに入った小鳥をたずさえて。その小鳥といっしょになってテレジータも美しい声で歌を歌った。恋をした娘の頬は薔薇《ばら》色に染まり、瞳はきらきらと輝いた。これこそ愛のあるべき姿だと思うにつけ、ニコラの胸の中を、そこはかとない悲しみが漂うのだった。

クリフが三週間の予定でシカゴ出張に出かけてからというもの、テレジータはうちしおれた花のように元気をなくしているが、それもあと数日の辛抱だ。彼が帰りしだい、二人は正式に婚約を発表するに違いないとニコラは信じている。

問題は、そのことをテレジータがどうやって後見人であるドン・ルイース・アルバラード・デ・モンタルバの耳に入れるかだ。テレジータの断片的な話を総合すると、彼は権力と資力を兼ね備えた大変な実力者のようだ。何代も前からの酪農経営に加えて最近は果実やコーヒーの栽培、果ては工業の方面にも手を広げている。メキシコ政府は巨大地主の土地を分割して資本の分散を図る政策に乗り出しているが、ことモンタルバ家に関する限り、各種の改革はさしたる実績を上げていないようだ。北部地方には昔ほどの規模ではないまでも今なお広大な面積の牧草地や農地を占有するモンタルバ農場があり、当主の館《やかた》もそこにある。彼はまた、モンテレーやアカプルコといった都市にも邸宅や別荘を構えているという。ドン・ルイースはテレジータの父と親友であったことから、ドミンゲス夫妻が数年前に鉄砲水で悲劇的な死を遂げた後、夫妻の遺児の後見人になることを引き受け、今日に至っている。

ドン・ルイースの名前を口にすることさえ怖がっているテレジータの様子から、ニコラの頭の中には彼の人物像がすでにでき上がっていた。濃い口ひげ、あるいは顎《あご》ひげまでも蓄えた肥満体の中年男性、見るからに横柄で尊大な男に違いない。エレインの暗い予言どおり、彼はテレジータの幸福を妨害するつもりだろうか。予言がはずれますように、とニコラは心から祈った。

彼女は最後の書類の荷造りを終え、ため息をつきながら床の上に座り込んだ。「やっと終わったわ。お祝いにコーヒーでも飲まない？　下の自動販売機はまだ使えるのかしら」

「私、見て来るわ。あなたはここで休んでてよ。最後まで残ってオフィスの後片づけをやらされるなんて、下っ端はつらいわね。生まれ変わったらお互い、せめて支社長ぐらいの身分にはなりたいわね」

不平を言いながら出て行ったまま、エレインはなかなか戻って来なかった。以前から調子の悪かった自動販売機がついに故障し、通りの向こうのレストランまでコーヒーを買いに行ったのかもしれない。

ニコラはぶらぶらと窓際に歩み寄り、下の広場を見下ろした。車の通りも絶えた昼下がりの町に、街かどの芸人のかき鳴らす携帯オルガンの音《ね》が物悲しげに響き渡っていた。オルガン弾きは毎日決まって広場に現れるので、今では彼のレパートリーをすっかり暗唱できるほどだが、いつも聞いているメロディーが今日はなぜかひどく心に染み入り、不意に涙がこぼれた。

泣くなんて、どうかしてるわ、とニコラは自分をたしなめた。あと数日で念願の旅行に出発できるのだもの、涙なんて縁起でもない。エレインと違って彼女は以前からアメリカ大陸の古代文明に心を惹かれ、今回の旅でもできるだけ多くの遺跡を回れるように周到な計画を練り上げていた。パレンケ、ウシュマル、チチェン・イッツァ——ピラミッドがあり、神殿があり、土着の神々が祭られているマヤ文明の拠点都市を巡る旅。何年も温めて来た夢がいよいよ実現するというのに、なぜ涙がとまらないのだろう。

オフィスの廊下を駆けて来るハイヒールの音を聞いてニコラは急いで涙をぬぐい、勢いよく開いたドアに向かって明るい微笑を投げた。「ごゆっくりだったこと！　どこで道草を……」突然、彼女は目を丸くして息をのみ、よろめくように駆け寄って来た娘を呆然《ぼうぜん》と抱きかかえた。「テレジータ！　どうしたの……？　ク、クリフに何かあったの？」

「違うの。彼は元気よ」絞り出すような声でテレジータは答えた。「でも私、もう会えないのよ、彼には二度と！」そこまで言うと、彼女は子どものように大声で泣きだした。

泣きじゃくるテレジータをどうにか椅子に座らせたところへ、エレインが戻って来た。

「気つけ薬にブランデーも買って来るべきだったようね」両手に一つずつ持った紙コップのコーヒーをデスクに置きながらエレインは言った。「いったい、何があったの？」

「私が教えてもらいたいぐらいだわ」ニコラは整理の終わった引き出しを片っ端から開けて、ようやくティッシュの箱を探し出した。「死んでしまいたいって、それしか言ってくれないのよ」

エレインも困ったように眉を上げた。「スペイン語でたずねてみれば少しはまともな返事をしてくれるんじゃないかしら。頼むわ、ニッキー」

ニコラは軽くうなずき、テレジータの母国語で話しかけた。「私たち、あなたの力になってあげたいの。事情を話してちょうだい、テレジータ」

すすり泣きの合間を縫って、ささやくような声が聞こえた。「私……結婚……するの」

「知ってるわ。クリフと、でしょう？」

いやいやをするように、テレジータは何度もかぶりを振った。「違うの。今日、修道院の院長様から手紙を渡されたの——ドン・ルイースの手紙。それを読んで私……もうだめ、死ぬしかないわ！」

「どうして？　クリフとの結婚を反対されたの？」

「彼、クリフのことはまだ知らないわ。しかられるのが怖くて私、まだ報告できずにいたんですもの」

「ねえ、お二人さん、そろそろ英語に戻って私を仲間に入れてくれない」エレインが不満そうに言った。

ニコラから、とりあえず今までの会話を通訳してもらうと、彼女は「問題は、その手紙らしいわね」とつぶやきながら腰をかがめてテレジータの両手を握り締めた。「手紙に何が書いてあったの？　もしかして偉大なるドン・ルイースは、あなたを誰か別の人と結婚させたがってるわけ？」

またもや大粒の涙をたたえてテレジータがうなずくのを見て、エレインはニコラに意味ありげな目くばせをした。〝案の定だわ〟とでも言いたいらしい。

唐突にテレジータが英語でしゃべりだした。「明日、私はラモンといっしょにモンテレーへ向かうんですって。結婚式は準備が整いしだい……」

「結婚式——その、ラモンっていう人と？」ニコラは驚いてきき返した。

「いいえ、ラモンはドン・ルイースのいとこよ。私、小さいころに一度だけ会ったことがあるわ」

じれたようにに舌打ちしたエレインを目顔でたしなめて、ニコラはたずねた。「教えてちょうだい。ラモンじゃないとすれば、結婚相手は誰なの？」

「ドン・ルイースよ」テレジータは重々しく言った。

ニコラは「ああ、なんてことなの！」とつぶやき、エレインは唇を丸めて音のない口笛を吹いた。

「私の父が決めたことなの」抑揚のない声でテレジータが続けた。「私も以前から聞かされてはいたけれど、その後ドン・ルイースが何も言って来ないものだから、もう忘れてくれたんだと思っていたわ。彼は誰か別の人と結婚するものとばかり思ってたの……たぶん、カルロータ・ガルシアあたりと」

「その人、誰なの？」横からエレインがたずねた。

「政治家の奥さんだったんだけど、数年前に未亡人になって以来、ことあるごとにドン・ルイースとの仲が取りざたされている人よ。彼の噂の相手は、ほかにも大勢いるわ」

ニコラの胸に義憤がこみ上げた。さんざん遊んだあげく、親子ほど年の離れた娘を一方的に妻と決めてしまうとは、なんという身勝手な男性だろう。

「そんな人と結婚しちゃいけないわ。テレジータ」語気も荒くニコラは言った。「手紙を書いて、縁切り状をたたきつけるのよ」

テレジータはすくみ上がった。「あなたはドン・ルイースを知らないから、そんなことがいえるんだわ。彼を怒らせたら、どんなことになるか……だめ、考えるだけでも恐ろしいわ」

「じゃあ、クリフのことはどうするつもり。彼をあきらめて、愛してもいない男の妻になるの？ あなた、それで平気なの？」ニコラは矢継ぎ早に問い詰めた。

「だって、しかたないんですもの」テレジータは泣きべそをかきながら言った。「愛は結婚してからでも生まれるって母が言ってたし、それに、さっき言ったように、この縁組みは父が……」

「もしまだお父様が生きていらしたとしたら、あなたの本当の幸せのためを考えて、クリフとの結婚に喜んで賛成してくださったと思うわ」ニコラは加勢を求めてエレインの顔を見たが、相手は無言で肩をすくめたきりだ。ニコラは改めてテレジータに向き直り、強い口調で言った。「駆け落ちしてしまったらどうかしら、クリフと?」

テレジータの瞳にゆっくりと希望の灯がともり、そして、すぐに消えた。「無理よ。彼はシカゴにいるんですもの」再び泣きそうな顔で彼女は言った。「ラモンが迎えに来るのは明日の朝よ、どんなに急いでもクリフは間に合いっこないわ」

「じゃあ、クリフが帰りしだい、あなたの後を追いかけさせるわ。彼が直接、ドン・ルイースに掛け合えばいいでしょう?」

「だめ。クリフは袋だたきに遭って追い返されるだけよ」テレジータは恐ろしそうに身震いした。「ドン・ルイースに刃向かった人なんか、今までただの一人だっていやしないのよ」

「一度、お目にかかってみたいわ」憤然としてニコラは言った。「私だったら力の限り刃向かって、彼に貴重な体験をさせてあげるのに」

「やってみましょうよ」エレインが静かに言った。

「やってみるって……何を?」

「貴重な体験よ、ドン・ルイースの」エレインは無造作に言った。「ねえ、テレジータ、ラモンっていう人にはずいぶん会ってないって言ったわよね?」

テレジータはいぶかしげにうなずいた。「ええ、十何年も前にドン・ルイースの館で会ったきりよ。たしか、すごく親切なお兄さんで……」

「もういいわ。つまり、あなたの代わりにニコラが行っても、ラモンにはわからないっていうことね」

あっけにとられたような沈黙をニコラが破った。

「むちゃよ。話にもならないわ」

「そうとばかりはいえないわよ」エレインは平気な顔で言った。「体つきはだいたい同じだし、あなたならスペイン語も問題なし。あとはブルネットの鬘《かつら》をかぶって、目にはサングラスをかければいいわ。念のため濃いめのメーキャップをすれば完璧《かんぺき》……」

「ちょっと待ってよ」ニコラはたまりかねて口を挟んだ。「もしも、もし仮に道中をごまかせたとしても、モンテレーに着いたらどうなるの。ドン・ルイースはテレジータをよく知ってるのよ」

「そう。そして、あなたのことは何も知らないわ。そこがつけ目なのよ。モンテレーに着いたら、大きめのレストランかどこかで化粧室を借りるの。化粧室から出て来るのは変装を解いて服も着替えたニコラ・タラント。テレジータ・ドミンゲスは霧のように消えてしまって、花嫁候補に逃げられたドン・ルイースは面目まるつぶれっていうわけ。彼がモンテレーじゅうを血まなこになって捜しているころ、このメキシコ・シティーでは私を付き添い人にして、テレジータとクリフの結婚式が始まっているわ」

いいかげんにしないと本気で怒るわよと言いかけたとき、ニコラはテレジータの目に再び希望の光が宿って、みるみる大きくなっていくのに気づいた。

「テレジータ！　だめよ。うまくいきっこないわ」

テレジータは祈るように両手を組み合わせた。

「うまくいくと思うの。モンテレーまで車で行くには道中で最低二泊はしなきゃいけないし、花嫁が消えた騒ぎで、もう一日ぐらい稼げると思うわ。ドン・ルイースの捜索の手がここまで伸びて来る前にクリフが戻って来さえすれば……」

「今すぐクリフに国際電話をかけましょう」大きくうなずきながらエレインが言った。「捜索の始まるのは遅ければ遅いほどいいんだから、できるだけ旅行を長びかせてね、ニッキー」

「私にはできないって言ってるでしょう！」半べそをかきながらニコラは言った。「こんな話、もうやめて！　二人とも、どうかしてるわ」

立ち上がりかけていたエレインが静かに向き直った。「愛してもいない男性と結婚しちゃだめってい ったのは、ニコラ、あなたよ。今テレジータに必要なのはクリフが帰って来てくれるまでの時間なの。時間は作れるわ、あなたが力を貸してくれるなら」

「お願い、ニッキー……」震える声でテレジータも訴えた。「お願いだから、私を助けてちょうだい。私、やっぱりドン・ルイースを愛せないわ。彼も私を愛してなんかいないのよ。結婚を言いだしたのは、自分の築いた王国を伝えるための後継ぎが欲しくなったからだわ。たったそれだけの理由のために私、彼と結婚しなくちゃいけないの？　ねえ、ニッキー、考えて！」

ニコラははっと息を止めた。最後に会ったときのユーアンの顔が昨日のことのように思い出された。ほほ笑みながらしゃべっていた彼の声もよみがえって来る。〝あくまで便宜的結婚なんだ。もちろん僕はグレタのことなんか、これっぽっちも愛していないし、それは彼女だって承知のうえさ。だから、世間体さえ繕っておけば、僕と君はいくらでも好きなことができるんだよ、ダーリン〟

そう言われたとき、自分自身の悲嘆と同時にグレタへの哀れみに胸が痛んだことを思い出して、ニコラは小さく身震いした。便宜的結婚などという言葉は男がこしらえたものだ。女にとって、夫の愛も思いやりも期待できない結婚生活がどうして〝便宜的〟などといえるだろう。このテレジータをそんな悲惨な生活に投げ込んではいけない。

ニコラはゆっくりと口を開いた。「わかったわ。私、やってみるわ」

2

　翌朝、ニコラは修道院の柱廊玄関の隅に立って外の通りをサングラスごしに見つめていた。修道女に見とがめられたらと思うと気が気でないのに、約束の時間を過ぎても迎えの車はまだ現れない。

　これで十何度目か、彼女は鬘《かつら》を取って頭に風を入れたい衝動を抑えた。変装用の小道具はエレインが調達して来た。淡いピンク色のドレスと、やはりピンクのハイヒールはテレジータからの借り物。古ぼけた大型のショルダーバッグだけが、もとからのニコラの持ち物だ。優雅な装いに似つかわしいバッグとはお世辞にもいえないが、着替えやパスポート、航空券、現金など逃走用のすべての貴重品が入っているのだから、死んでも手放せない。

　また腕時計に目をやってから顔を上げたとき、一台の大型車が門の中に滑り込んで来るのが見えた。もう逃げられない。あとは変装が見破られないことを祈るばかりだ。ニコラは一度大きく深呼吸して柱の陰から進み出た。胃に不快な痛みが走った。

　玄関前に横づけされた車から、三十代なかばと思われる一人の男が降り立った。ドン・ルイースよりかなり若いはずだと聞かされていたので年格好はほぼ予想どおりだったが、テレジータは重大なことを言い忘れているとニコラは思った。怖くなるほどの魅力の持ち主だということを、なぜ教えておいてくれなかったのだろう。もっとも、子ども時代のテレジータに男性の魅力を理解しろと言っても無理な注文だったかもしれない。悠然と歩み寄って来る男は非常な長身で、漆黒の髪に漆黒の瞳。壁に掛けて飾っておきたいような彫りの深い端正な顔は浅黒く日焼けしてブロンズのように輝いている。この男のいとこであるとすれば、醜い肥満体の中年男というドン・ルイースの想像図も大きく修正する必要がありそうだ。

男は玄関の石段の下で足を止め、わずかに微笑を浮かべながらニコラを見上げた。「失礼ですが、セニョリータ、あなたは……」

「テレジータ・ドミンゲスでございます、セニョール」メキシコ人のスペイン語らしく聞こえますようにと祈りながら彼女は冷たい声で答えた。「約束の時間をお忘れだったんでしょうか？」

わずかにたじろいだドン・ラモン・デ・コスタンサを見てニコラは大いに気をよくした。従順で純情そうな娘の口から皮肉の矢が飛び出そうとは思ってもいなかったに違いない。

「おわびします、セニョリータ・ドミンゲス。所用で手間取っていたんですよ。かくも美しいご令嬢だという予備知識さえ与えられていたら、すべてを投げ捨ててはせ参じたことでしょうがね」スペイン語特有の音楽的な響きをたたえた深みのある声だ。

こういう男に花嫁の迎えを申し付けるとは、ドン・ルイースの頭の構造を見てみたいものだとニコラは思った。石段を上って来た男に向かって、彼女は手厳しく言い渡した。「私、ここで改めて自分の立場を申し上げる必要があるんでございましょうか、ドン・ラモン？」

「いえ、あなたがモンタルバ家の花嫁になられる人だということは十分に承知していますよ。ようこそ、われらが一族へ、テレジータ……とお呼びしてもかまいませんか？」そう言いながら彼はニコラの手を取って唇を近づけ、初対面のあいさつにしては明らかに入念すぎるキスをした。

火ぶくれができたような痛みを感じて、ニコラは急いで相手の手を振り払った。「セニョール！」

「許してください」さしたる反省の色もなく、彼は言った。「以後、誓って慎みます。さて、スーツケースを車のトランクに運ぶことをお許し願えますか？」なおも激しい動悸《どうき》を感じながらニコラはうなずいた。「そのショルダーバッグは？」

ニコラはあわててかぶりを振った。「これは手もとに置いておきます」相手の視線がバッグをいぶかしげに観察しているのを感じ、彼女は急いで言い足した。「場違いに見えまして？ ちょっとした思い出があって、このバッグは手放せませんの」

彼は納得したようにうなずくと、ニコラのスーツケースを持ち上げた。制服らしきものを着た男が後部座席のドアを開けて待っているのを見て、ニコラはドン・ラモンが運転手付きの車で来たことに初めて気づいた。彼女が車に乗り込んだ後、主人から何事か耳打ちされた運転手は驚いたように小首をかしげ、急ぎ足で運転席に戻った。ドン・ラモンが後部座席に入ってドアを閉めると車はすぐに動き出したが、運転手はその後もルームミラーごしに、ニコラの顔を熱心に観察し続けた。

〝ちゃんと見ててちょうだい〟彼女は運転手に向かって無言で話しかけた。〝隣に座ってる人が私の手を握ったりしたら、すぐに軍隊を呼んで来てね〟

押し黙ったままの二人を乗せて、車は朝のメキシコ・シティーを飛ぶように走り抜けて行った。三十分以上たったころ、ドン・ラモンが初めて口を開いた。「ひょっとして、気分でもお悪いんですか？」

さっきから身動きするのも我慢していた甲斐《かい》があったとニコラは思った。昨夜の打ち合わせで、モンテレーへの到着をできるだけ遅らせるために病気のふりをする手はずになっていたのだ。彼女はバッグからハンカチを取り出し、弱々しく口の辺りに押し当てた。「ええ。乗り物は私、どうも苦手で……」

彼女はシートの隅にぐったりと体を沈め、軽く目を閉じてまどろむふりをした。そして、昨日来のあわただしさと緊張の疲れで、演技ではなく本当に眠り込んでしまった。

しばらくして、ニコラははっと目を覚ました。隣の男がなぜかひどく険しい顔でこちらをにらみつけている。だが彼女が驚いて軽くまばたきしているうちに、ラモンはもとの穏やかな表情に戻った。

「お目覚めですか、セニョリータ。ご気分は？」

「さほどよくなったとも言えませんわ」ニコラは体を起こしてスカートのひだをていねいになでつけたが、その動作の一部始終をラモンは執拗《しつよう》に観察し続けた。彼女はたまらなくいら立ちを感じ、シートの中央に置いたショルダーバッグが防護壁の役割りを果たしてくれていることに大いに感謝した。

「そろそろ車を止めて昼食にしようと思っていたんだが……」考え込むようにラモンが言った。「ご気分がすぐれないのでは、いけませんな」

うめきそうになるのをニコラは必死で我慢した。緊張が食欲を刺激するのか、さっきから死にそうなほど空腹なのだが、そんなことを言えば仮病を見抜かれてしまう。「私……私も外の空気を吸いたいと思っていたところですの」とっさに思いついて彼女は愛想よく言った。「私はその辺りを散歩しておりますから、ご遠慮なく昼食を召し上がってください」

とある町にさしかかると、ロペスという名の運転手はラモンの指示で小さな駐車場に車を乗り入れた。

「狭い町だから道に迷う心配はないでしょうが、本当にお一人で大丈夫ですか？」ニコラを車から助け下ろしながらラモンはたずねた。「せめて、その重そうなバッグは車に置いて行かれたほうが……」

「いいえ、慣れておりますから平気ですわ」ニコラはあわててバッグの肩ひもを握り締めた。

ラモンとロペスが去った方角を見届けた後で、ニコラは二人と正反対の方角へ歩き始めた。人の流れに沿って歩いて行くと幸運にもにぎやかな市場にぶつかり、食べ物の露店も目移りするほど立ち並んでいた。彼女は自分でもあきれるほど食べ、いい心持ちで、駐車場に戻った。

ロペスはすでに運転席に座り、車の外に立ったラモン・デ・コスタンサは腕時計を見ながらじれたように軽く足踏みしている。「捜しに行こうかと思っていたところです」ニコラを見て彼はため息をついた。「散歩は、いかがでした？」

「楽しかったですわ、セニョール」

「そうですか。それはよかった」彼の声の中に笑いのようなものを感じて、ニコラは口の回りにチーズの粉でも付いているのだろうかと心配になった。

再び後部座席に腰を落ち着けるとラモンは言った。

「商用の電話を一本かけたいので、ここから数キロ行った辺りで今日の宿を探しましょう」

「まあ、もう宿に入ってしまうんですか？」

彼は意外そうな顔をした。「しかし、そろそろ午睡《シエスタ》の時間ですよ。この日盛りの中でロペスに運転を続けさせろとおっしゃるんですか？」

「とんでもない！」ニコラは自分のミスを軽い笑いでごまかした。メキシコ人は午後になるとたんに労働意欲をなくすということを忘れてはいけなかったのだ。

車はやがて道路沿いの大きなホテルに入った。裏手には緑の茂る広い庭があり、池や噴水、そしてプールまである。すぐにも飛び込んで泳ぎたい気持だが、まさか鬘を付けては泳げないし、だいいち水着は今ごろ、ほかの荷物といっしょにユカタン半島のメリダに向かっている。それでよかったのだとニコラは思い直した。ラモン・デ・コスタンサのような男にビキニ姿を見せるなど、もってのほかだ。

朝からずっと、ニコラはいわくありげな彼の視線が全身をなで回すのを肌で感じていた。純情なテレジータの役を演じている最中でさえなければ彼女はとっくにハイヒールの細いかかとで相手の向こうずねを蹴《け》りつけていたことだろう。

彼女が連れて行かれたのは簡素ながらも清潔で明るい部屋だった。ほっとする思いでドアを閉めようとしたとき、ニコラはラモンが戸口をふさいでいるのに気づいた。彼は満足そうに部屋を眺め回し、クリーム色のカバーを掛けた大きなベッドに視線を投げてからニコラの手に軽く唇を当てた。

「快適なシエスタを、どうぞ。入り用のものは全部そろっていますか?」手を握ったまま、彼はまじまじとニコラの顔をのぞき込んだ。お望みとあらば喜んで添い寝の相手をすると言われているような気がしてニコラはひったくるように手を引っ込めた。

「はい、すべてそろっております」低く硬い声でニコラが答えると、彼はかすかな微笑とともに言った。

「では後ほど、夕食の席でお目にかかりましょう」

ラモンが戸口を離れるやいなや、ニコラはドアを閉めてロックを下ろした。そのままベッドに倒れ込んでしまいたい誘惑と闘いながら彼女は部屋の鏡の前でサングラスと鬘を外した。だが、どうにもまだ人心地がつかないのは汗まみれの髪と慣れない厚化粧のせいらしい。ベッドを横目で見ながら浴室へ急いでいるとき、ふと突拍子もない光景が頭に浮かんだ――服を脱ぎ捨てたラモン・デ・コスタンサが白いシーツの上に黄金色のたくましい体を横たえ、早くおいでと手招きしているような……。

ニコラはぎょっとして足を止め、なおも襲おうとする妄想を必死になって追い払った。

「どうかしてるわ!」激しい慙愧《ざんき》の念を込めてつぶやくと、彼女は大急ぎで浴室に走り込んだ。

数時間後、ニコラは深紅のシンプルなドレスに黒いハイヒールをはき、小さなセカンドバッグを抱えてホテルの食堂に入って行った。例のショルダーバッグは部屋のクロゼットにたいせつにしまってある。たっぷり休息を取ったお陰で気分も多少は落ち着いたように思えた。

食堂は旅行客とおぼしき大勢の宿泊客で混雑していたが、目当ての人物を見つけるのは造作もなかった。女性客のほとんどが、外のベランダに置かれたテーブルの一つにちらちらと視線を投げている。そこに、悠然とグラスを傾けるラモンの姿があった。

ニコラは人やテーブルの間を縫ってベランダに出た。「こんばんは《ブエノス・タルデス》、セニョール」意に反した遠慮がちな声で彼女が声をかけると、ラモンは敏しょうに立ち上がって彼女のために椅子を引き、ウエイターを呼んで注文を聞かせた。

届けられた飲み物のグラスにニコラが口をつけたとき、ラモンが穏やかに話しかけた。「夕方になってもサングラスをかけておいでなのは、目を悪くなさっているからですか？」

その質問に対しては、すでに名回答が用意してあった。「悪いというほどでもありませんが、しばらくは外さないようにと言われておりますの」

「残念。目は女性の心の窓と言われているのに」

「男性の心の窓とも言われておりますわよね？」ニコラがにこやかにやり返すと、ラモンの唇の端に微笑が浮かんだ。

「仰せのとおりです、セニョリータ」

ニコラは無言でグラスを口に運び続けた。花の香りを含んだ夕闇《ゆうやみ》に包まれ、噴水の静かな水音や人々の笑いさざめく声を聞くともなしに聞いていると胸を締めつけていた緊張がゆっくりとほぐれ、代わって心が奇妙に浮き立ってくるような気がした。今夜はアルコール類に手を出さないことにしようと決心しながら、彼女はラモンについてテレジータから聞いたことを頭の中で復習してみた。

ラモンの主な仕事はモンタルバ家が経営する広大な農場の管理、運営だという。農場内にあるドン・ルイースの本宅〝ラ・マリポーサ〟に住み、そこにはラモンの母親であるイザベラや妹のピラールも住んでいるらしいが、彼女たちのことについてテレジータは何も覚えていなかった。そして〝ラ・マリポーサ〟——〝蝶《ちよう》の館《やかた》〟という名前の由来についても彼女は答えられなかった。もっとも、館はおろかモンテレーの別宅へも行かずに姿を消すのだから、どのみち無用の質問だったとニコラは思った。

やがて、ラモンの指示で夕食の料理が運ばれて来た。ニコラは、どんな香辛料を組み合わせれば、こういう味が出せるのだろうと感心しながら風味高い鳥肉料理を楽しみ、飲まないつもりだったワインにも思わず手を出してしまった。

他人の代役を演じている緊張感や自分の母国語を使えないもどかしさといった障害にもかかわらず、彼女は非常に楽しいひとときを過ごしていた。地元産の強いワインのせいか、ラモンに対する警戒心までが薄らいでいた。彼は食事の相手に対して至れり尽くせりの心配りを示してくれた。周囲の女性客から送られて来る羨望《せんぼう》の視線から察するに、二人は恋人同士と思われているらしい。ニコラの体を快い興奮が走り抜けた。

そのとき、近くのテーブルに明るい爆笑が起こった。外国人旅行者の一団が、テキーラに添えられた塩とレモンの使い方にまごついて大騒ぎしている。テキーラを飲むのは全員が初めてのようだ。つられてニコラもほほ笑みながらラモンの方に顔を戻した。彼もまた、静かに笑っていた。その微笑を見たとたん、ニコラは胸が締めつけられるように苦しくなるのを感じて急いで顔を伏せた。

テレジータの話によると、ラモンは一族の長であるドン・ルイースから多大の信頼をかち得ているということだった。しかし、それにしては、ドン・ルイースの未来の妻に対する態度が少し親密すぎるとニコラは思った。接する女性すべてに対して言い寄らずにはいられない性格なのか、それとも、もっと深い魂胆があってのことだろうか。ドン・ルイースに何か恨みを抱いているのだろうか。逆に、彼への忠誠心に燃えるあまり、モンタルバ家の嫁にふさわしい貞操の持ち主かどうかをテストしているのだろうか。

仮にテレジータ本人がこの旅行に出ていたとしたら、いったいどうなっていただろうとニコラは考えてみた。子どものころに会った〝親切なお兄さん〟の、あまりの変貌《へんぼう》ぶりに目を回してしまっただろうか。あるいはテレジータの純情さが彼を改心させてしまったかもしれない。以前は決して品行方正の見本とはいえなかったクリフが今ではテレジータの忠実なしもべをもって任じていることからしても、あり得ない話ではないだろう。

さっきから、流しのギター弾きが二人、テーブルの間を回って歌を歌っていた。つい半月ほど前からメキシコ・シティーで爆発的に流行し始めたラブソングだ。ギター弾きたちはニコラがメロディーに合わせて小さく口を動かしているのを目ざとく見つけ、うれしそうに近寄って来た。祝儀にありつけそうだと思ったらしい。しかし、目当てのテーブルの前まで来たとき、二人の男の表情が変わった。ニコラが驚いて自分の連れに目をやると、彼の顔は仮面のようにこわばっている。ラモンは横柄に手を振ってギター弾きを追い払ってしまった。

失望を悟られまいと努力しながらニコラはワインの残りを飲み干し、椅子を引いて静かに立ち上がった。「私、疲れましたので部屋に引き取らせていただきますわ、セニョール。よろしいでしょうか？」

「ああ、いいとも。おやすみ《ブエノス・ノーチエス》、テレジータ」ニコラの堅苦しい態度に当てつけたような尊大な口調で答えると、ラモンは顔を背けて夜の庭園を見つめた。

送って行こうと言われなかったことを物足りなく思っている自分に腹を立てながら、ニコラはとぼとぼと部屋に戻った。ラモンはドン・ルイースの未来の妻と親密になりすぎるのを、遅まきながら警戒し始めたのかもしれない。

疲れていると言ったのは嘘《うそ》ではなかったが、ニコラはなぜか遅くまで寝つけなかった。しかし、朝の目覚めは意外にさわやかで、部屋に運ばれて来た朝食もきれいに平らげてしまった。昨日と同じ入念な変装を整えてホテルのロビーに下りて行くと、数台並んだ電話ボックスの一つから黒い髪に長身の男が出て来るところだった。

「時間を守ってもらえて助かります」朝のあいさつは省略し、事務的な口調でラモンは言った。「今日は強行軍になります。それと、仕事上の用事で数箇所に立ち寄ることも承知しておいてください」昨日と打って変わった高圧的な態度に驚きながらニコラがうなずくと、彼はなおも冷淡な声で続けた。「今、いとこと電話で話したところです。あなたへの伝言もことづかりました」

「そうですか」内心の動揺を隠して、ニコラは相手と同じ冷ややかな声で言った。

「内容を聞きたくはないんですか?」

「結構です。お手を煩わさなくとも、会えば直接ドン・ルイースからうかがえるでしょうから」

「では、ご随意に」ラモンは淡々と答えた。

車に乗り込んだ後もラモンの冷たい態度は変わらなかった。ニコラは前日と同じようにショルダーバッグをシートの中央に置いて防護壁の代わりにしていたが、そんなものを作る必要さえないほどだった。ラモンは車内に持ち込んだブリーフケースを膝に置いて、何かの書類を一心に読みふけっている。

車は遠くに紫色がかった連山《シエラス》、手前に肥沃《ひよく》な耕地を望みながら北へ北へとひた走っていた。予算の関係で割愛したメキシコ北部の旅が思いがけず実現したというのに、ニコラの視線はせっかくの美しい景色の中をいたずらに漂うばかりだった。

彼女は苦い思いで唇をかんだ。いったんは執拗なまでにこちらの気を引いておきながら、一夜明けたとたんに、なぜ連れの男はてのひらを返したような態度に出たのだろう。電話でドン・ルイースに何か言われたのだろうか。

一時間ほどすると、ラモンは予告していたとおり寄り道をすると言って車を止めた。「二十分後に出発します」と言った彼の口ぶりは、その間なら自由に散歩してもいいというように聞こえた。そして彼は、一見して役所とわかる建物の中に消えて行った。車で待てと言われなかったことを喜びながらニコラは外に出て手足を伸ばしたが、ぶらぶらと歩き始めるとすぐ〝自由〟に歩いてもいいと思ったのは自分の早とちりだったことを思い知らされた。三歩ほど間を置いて、ロペスがずっと後を付いて来る。彼女は足を止めて振り向き、時間までには必ず戻るから、付いて来てくれなくてもいいわと言った。「私、迷子になるほど子どもじゃないわ」やや皮肉を込めた笑顔で彼女は言い添えた。

ロペスは礼儀正しい微笑を浮かべたものの、だんな様のお言い付けですからと言って譲らず、ニコラは結局、二本足の番犬を引き連れて町を散歩するはめになった。そして約束の時間が来ると、ロペスに促されてしぶしぶ車に戻った。

その後も、同じパターンの連続だった。ラモンが車を止めて商用をすませに行くたびに、ニコラは護衛つきの気詰まりな散歩で時間をつぶし、車が出発すると車内から顔を背けて窓の外を凝視し続けた。車中のラモンは一言も発せずに書類を読んでいた。

何度目かの小休止を終えて車に乗り込んだとき、ニコラはたまりかねて言った。「私が囚人のように監視付きでしか行動させてもらえないのは、ドン・ルイースの指示によるものなんですか？」

ラモンがちらりと顔を向けた。「彼の指示の内容に興味をお持ちとは知らなかった」

「興味はありません」ニコラは冷たい声で即座に言い返した。「あのかたは何カ月もの間、手紙一本くださらずにおいて、いきなり一方的に私を呼びつけていらっしゃるんですよ。悪い感情以外のものを持てと言われても無理な話ですわ」モンテレーで雲隠れするための伏線として、彼女は憤然と言い添えた。

一瞬の間を置いて、ラモンは唇の端に冷笑を浮かべた。「それを聞いたら、ドン・ルイースはさぞがっかりすることでしょう。今日のことも、あなたの身の安全を第一に考えた彼の配慮なんですから」

「私の身の安全を考えてくださるのなら……」とニコラは辛らつに言い返した。「迎えを遣わす際の人選に、もう少し配慮をしていただきたかったとお伝えください、ドン・ラモン」

「会って、ご自分でおっしゃればいいでしょう。おもしろい話だと言って彼は喜びますよ、きっと」ニコラが肩を怒らして窓の方に顔を背けるのを見て、彼はくぐもった笑い声を上げた。「乗り物酔いは昨日のうちに治ってしまったようで、ご同慶の至りですな。このぶんだと、旅が終わるまでにはサングラスを外した素顔を拝見することもできそうだ」

相手に背中を向けたまま、ニコラは静かに言った。「それだけは無理だと思いますわ」

「無理かどうか、いまにわかりますよ」

意味ありげな声に驚いてニコラが振り向いたときには、彼は早くも書類を広げて熱心に目を走らせていた。

三人は小高い丘の頂にあるレストランで昼食を取

った。眼下には湖が広がり、そこで取れたと思われる新鮮な魚が食卓に上った。ラモンは食事にほとんど手をつけず、陰気な顔でもっぱらワインのグラスを重ねている。

前日と違ってシエスタの時間が来てもラモンはロペスに休息を与えず、車は熱射にさらされて陽炎《かげろう》の立つ高速道路をひたすら北へ向かって走り続けた。

やがて、何かの夢に驚いてニコラは目を覚ました。知らないうちにまどろんでいたらしい。だが、胸がまだ苦しく高鳴っているぐらいなのに、夢の内容はどうしても思い出せない。目をこすりながら車内を見まわすと、ラモンは上着を脱いで後部座席の向こう隅にもたれ、気持よさそうに眠っている。その姿を見たとたん、ニコラははっと息を吸い込んだ。さっきまで、この男の夢を見ていたのだ。

眠っているラモンの全身に、彼女はむさぼるような視線を走らせた。茶色のオープン・シャツの襟の間から、日に焼けた褐色の肌と濃い胸毛がのぞいている。座席の下に伸びた長い脚がズボンの上からでもたくましく見えるのは、牧場の仕事でいつも馬を乗り回しているからだろう。しかし、しなやかな長い指を持つ手の肌は、荒くれた仕事をしている男のものとも思えないほど滑らかだ。

いつの間にか口の中がからからに乾いていたことに気づいて、ニコラは自分が恥ずかしくなった。愛するユーアンのそばにいたときでさえ、こんなふうに男性の体を観察したことはなかったのに……。

ため息を押し殺して視線をラモンの顔に戻したとき、ニコラは危うく声を上げそうになった。なかば開いた黒い二つの目が、じっと彼女を見つめている。

濃いサングラスで顔が隠れていることにニコラは心から感謝した。身動きもできずにいる彼女を、ラモンは品定めでもするように入念に眺め回している。

「君の魅力に圧倒されそうだよ」やおら口を開いて

彼は静かに言った。「山の中に車を乗り入れて、ロペスに二時間ばかり暇をやりたくなった」

あまりの悔しさにニコラは死にたくなった。「失礼ですわ、セニョール!」

「残念、賛成してもらえると思ったのにな」

「まあ、そんな……」声が震えて彼女は絶句した。

「どうやらドン・ルイースに報告される材料を増やしてしまったようですな」ラモンは軽く苦笑した。

「あのかたのことを覚えておいでだったとは存じませんでした」ニコラは冷たく言い放った。

「忘れるどころか、裸で抱き合う彼とあなたの姿が目先にいつもちらついて僕を悩ましています」

言い返そうとしてニコラは口を開けたが、肝心の言葉を一つも思いつけずに口を閉じた。しかし、テレジータの名誉を考えるなら、ここで黙って引き下がってはいられない。彼女は改めて口を開き、精いっぱいの威厳を込めて言い渡した。

「お願いですから、私にはもう話しかけないでください、ドン・ラモン」

二度と振り向くまいと決心しながら彼女は顔を背けて窓の外をにらみつけた。顔が火のようにほてり、熱い血が肌をちくちくと刺激する。

こんなところを会社の同僚たちに見られなくてよかったとニコラは思った。もっと露骨な方法で手を変え品を変え言い寄って来た男たちを冷たい皮肉の矢と軽蔑《けいべつ》の視線で片っ端から撃退して来たからこそ、〝雪の女王《スノー・クイーン》〟の異名も生まれたのだ。そのニコラ・タラントが、純情な友人の身代わりとしての演技ではなく、本当に動揺して赤面している。いったい、どうなっているのだろう。あまりのふがいなさに歯ぎしりしたい思いだった。

日が傾きかけたころ、車はようやくスピードを落として道路沿いのホテルに入った。よろめくように車を降りたニコラに向かってラモンは、今夜も夕食に同席させてもらえるかとたずねた。その声には明らかに義務的な響きがあり「頭痛がしますのでルーム・サービスを頼んで一人で食べます」という返事を聞いても彼は異議を唱えなかった。

部屋に逃げ込んだニコラは、シャワーを浴びるのもそこそこにベッドに入った。食欲は少しもなく、食事を取り寄せようという気にもなれない。急速に垂れ込める夕闇の中で、彼女は千々《ちぢ》に乱れた思いが一つの方向へまとまりかけるのを必死で食い止めていた。唯一の頼みの綱は、明日モンテレーに着けば、この危険な道化芝居の幕が下りるということだ。明日になれば、もとの冷静沈着なニコラ・タラントに戻れる、自由の身に戻れる……。

〝自由〟という言葉を呪文《じゅもん》のように繰り返しつぶやきながら、彼女はゆっくりと眠りの世界に引き込まれていった。

3

しきりにドアをノックする音で、ニコラは目を覚ました。ドアの外でメイドが声を張り上げた。

「お客様！　お連れ様がお待ちでございます！」

ニコラは時計を見てとび上がった。昨夜、ラモンから言われた時間をとっくに過ぎている。気持も服装も一分のすきもなく整えて余裕たっぷりのところを彼に見せつけるつもりだったのに、こんなに寝過ごしてしまっては余裕どころの騒ぎではない。

大あわてで部屋を飛び出したニコラは階下《した》のロビーに着いてから、いったん足を止めて深呼吸した。おもむろに辺りを見まわすと、玄関前に止めた車の横で、ロペスが心配そうにロビーをのぞき込んでいる。現れたニコラを見て、彼はほっとしたように顔をほころばしながら後部座席のドアを開けた。ニコラは気持を引き締めて車に乗り込んだ。

しかし、先に乗っているはずのラモンの姿は、どこにもない。ニコラの驚きをよそに、荷物を積み終えたロペスはさっさと運転席に乗り込んでしまった。

「ドン・ラモンは、どうなさったの?」座席から身を乗り出してニコラはたずねた。

「これをお渡しするように言われております、セニョリータ」ロペスは一通の封筒を手渡し、間仕切りのガラス戸を閉めてエンジンをかけた。

ごく短い、そっけない書き付けだった。

〝急用にて失礼。ドン・ルイースとの心楽しきご再会を祈ります〟文面と同様、ぶっきらぼうな手書きの文字の最後に、判読不可能なサインがあった。

もう二度とラモンに会うこともないのだ。うれしいような悲しいような複雑な気持だが、とにかく、これで逃走が簡単になったことだけは確かだ。ラモンの筆跡を長い間見つめた後で、ニコラは手紙を封筒に戻してバッグの中にしまい込んだ。

しばらくして、ロペスが運転に専念していることを確認してから彼女は再びバッグを開け、中の所持品を点検した。メキシコ・シティーを出る前にはモンテレーからユカタン半島行きの直行便が出ているかどうかを調べる時間もなかったが、どういうルートになろうとも旅費に困る心配はない。辞退するニコラに向かってテレジータは「私のために行ってもらうんですもの、あなたに犠牲を払わせるわけには行かないわ」と言って大金を押しつけたのだ。

犠牲という言葉とラモンの顔とが二重映しになって胸を刺すのを無視して、ニコラはユカタン半島の旅行ガイドを広げた。しかし、以前はあれほど魅力的に思えた地名や神殿の写真を見ても心が少しも弾まない。彼女はため息をついてガイドブックをバッグの底に押し込み、代わりに着替え用のブルーのワンピースをいちばん上に引き上げておいた。

あと一息で使命は無事に完了する。そう思うと気も緩み、眠気がさした。夜中に何度も目が覚めて熟睡できなかった後遺症らしい……。

車の速度が急に落ちたことに気づいて、ニコラはうたたねから目を覚ました。もうモンテレーの市街地に入ったのだろうか？　彼女は急いで姿勢を正した。

窓の外の景色を見る限り、車は市街地に近づくどころか、とんでもない奥地に入り込んでいる。道の両側は一面の荒野。わずかに人の気配を感じさせるものといえば遠くに丸太小屋が二つ三つ、そして道端にトタン屋根の酒場らしきものがあるだけだ。道も狭い砂利道に変わっている。酒場の横手にガソリン・スタンドが見えたので、ロペスが車を止めた理由はわかったが、それにしても、ここは……。

車を降りたロペスが後部座席のドアを開けた。

「目的地が近くなりましたので、お昼の時間にもお起こしせずに先を急いで参りましたが、よろしければコーヒーで一休みなさってはいかがでしょう？」

「ええ、ありがとう」と言いながらニコラは車の外に出た。「この道はモンテレーへの近道なの？」

運転手はぽかんと口を開けた。「ご存じだとばかり思っておりました……モンテレーには参りません。ドン・ルイースのご命令で直接〝ラ・マリポーサ〟へ行くことに……どうなさいました、セニョリータ！」大きくよろめいて車につかまるニコラを見て、ロペスは心配そうに声をかけた。

「大丈夫、ちょっと足首をひねってしまったの」ニコラは必死の思いでごまかした。ラモンが言いかけていたドン・ルイースの伝言というのは、このことだったに違いない。「予定が変わったことは私、知らなかったわ。で、あとどのくらいで着くの？」

「二時間ほどでございます」ロペスは柔和な笑顔に戻って言った。「長い道中でお疲れになったことでしょうが、旅も間もなく終着点でございます」

「終着点……」道端の荒れ土を踏み締めて酒場に向かいながら、ニコラはこっそりつぶやいた。旅の終着点は恋人たちの再会の場というのが昔からの通り相場だが、この旅に限って終着点で待っているのは、いとしい人ではなく怒り狂った中年男だ。

薄暗い店内に入ったニコラは、店員らしい女の子が大あわてでほこりを払ってくれた椅子の一つにくずれるように座り込んだ。これで、倒れる心配はなくなった。今度は対策を考える番だ……。

モンタルバの館《やかた》は、いちばん近い村からでも数キロは離れているとテレジータが言っていた。見たところ、バスも通っていないようだ。こんな場所から、どうやって逃げ出せと言うのだろう。

ウエイトレスがコーヒーを運んで来た。夢中で一口飲んだニコラは熱くてとび上がりそうになり、後悔先に立たずという言葉を苦い思いでかみしめた。車の中で眠りさえしなければ、もっと早く事態に気づいて何らかの手を打つこともできたのに……。

ニコラは隣のテーブルでコーヒーを飲んでいるロペスに顔を向け、ドン・ルイースが予定を変更した理由を知っているかどうかたずねてみた。

「だんな様が、そのようなことを使用人に説明なさるはずがございません」しかつめらしい口調で答えた後で、ロペスは表情を和らげた。「しかし、私の考えますに、理由は礼拝堂かと存じます。お館には礼拝堂がございまして、そこで結婚式をなさるのが、ご一族の伝統になっております」

「伝統……」か細い声でつぶやいて、ニコラは顔を伏せた。病的なまでに後見人を怖がるテレジータの心境が、なんとなくわかって来たような気がした。最後の手段として、ロペスにすべてを告白して彼の慈悲心に訴えるか、あるいは現金で彼を買収することまで考えたが〝ご一族の伝統〟という言葉を口にしたときの恭しい表情を見てしまっては、それもあきらめるしかない。お家の一大事を知ったロペスはすぐさま館に連絡し、十分後にはテレジータの捜索が始まることだろう。そして、テレジータとクリフが何かの都合でまだ式を挙げていなかった場合、今までの努力は水の泡になってしまう。

ニコラは唐突に立ち上がってウエイトレスに手洗いの場所をたずねた。教えられて行った先は酒場の裏庭にある粗末なトタンぶきの小屋だった。水洗装置は故障し、小さな洗面台の蛇口も赤さびの混じった水をちょろちょろと出すのが精いっぱいだ。ニコラはサングラスを外して洗面台の汚れた鏡をのぞき込んだ。顔色は悪く、目の下に隈《くま》ができている。

重い足取りで小屋を出たニコラは裏庭に傷だらけの青いトラックが止まっているのに気づいた。さっきまで見かけなかった男が酒場の戸口で主人と立ち話をしているところを見ると、彼が乗って来たトラックらしい。ひょっとして、あの車で逃げろという天のおぼしめしなのだろうか。

しかし、ニコラはすぐに思い直した。都合よくトラックのキーが差し込んだままにしてあるという保証はどこにもない。それに隣のガソリン・スタンドにはスピードの出る大型車が止めてあり、その車の運転手は付近の地理に精通したベテランだ。おんぼろの小型トラックなどはいくらも走らないうちに追い付かれてしまうだろう、もちろんロペスは必死になって追って来るに違いない。彼女はため息をかみ殺しながら酒場に戻った。

「よう、べっぴんさん！」さもしげな笑い顔でトラックの運転手が声をかけた。すると酒場の主人が彼の袖を引きながら何事かつぶやいた。ニコラの耳にまで届いたのは〝モンタルバ〟という一言だけだが、その一言で運転手は真顔になり、肩を小さくすぼめて隅の椅子に座ると、遠慮がちな声でコーヒーを注文した。

ニコラは小さく身震いした。名前を聞かせるだけで荒くれ男を小羊に変えてしまうとは、いったいドン・ルイースというのはどういう人物なのだろう。

自分の席に戻る途中、ニコラは店の電話器に目を留めた。あの電話でメキシコ・シティーのエレインを呼び出したいとニコラは思った――ただし、店内が無人だったらの話だ。〝どうしたらいいの、早く助けに来てちょうだい！〟とエレインに泣きつきたかった。

もちろん、責めるべき相手がエレインでもテレジータでもなく、こんな無謀な計画に手を貸した自分自身だということは、よくわかっている。

ニコラはもとの椅子に腰を下ろし、冷えてしまったコーヒーの残りを飲み干した。ロペスの姿は見えないが、奥の部屋に通じているカーテンの陰から女性の低い笑い声にまじって彼の声が聞こえる。彼がニコラのいない間に美人のウエイトレスとの親交を深めているのは明らかだ。ロペスが座っていたテーブルでは運転手の制帽と手袋が主人の帰りを待っている。手袋の陰にもう一つ別の物を見つけて、ニコラは息をのんだ――車のキー。

考えもまとまりきらないうちに彼女は身を乗り出し、キーをつまみ上げて自分のバッグに入れた。賽《さい》は投げられた。もう後へは引けない。

さりげなく立ち上がり、再び店の裏庭に出る。そして、散歩でもしているような足取りでトラックに近づき、運転台をのぞき込む。エンジンのキーは……差しっぱなしだ。素早く左右を確かめてから、運転席のドアを開ける。ドアのきしむ耳障りな音に、ニコラは立ちすくんで目を閉じた。駆けて来る足音、どなり声が聞こえるはずだったが、目を開けると裏庭は数秒前と変わらず静まり返り、人っ子一人見当たらない。

彼女は運転台によじ上り、直射日光で焼けたシートの熱さに顔をしかめながらハンドルや計器類に目を走らせた。ノックやエンストを起こさないように一回でスタートしなければならない。進路は道路と直角方向。あのなだらかな山脈の向こうに、モンテレーへ通じる高速道路か、せめて曲がりなりにも都市と呼べる規模の町があることを祈るしかない。

口の中で祈りの言葉をつぶやきながら、ニコラはキーを回した。幸い、エンジンはすぐにかかった。後は、無我夢中だった。

狭い道路を横切って荒れ土の原野に車を乗り入れたとたん、後ろで大きな怒声が上がった。トラックの運転手とロペスが顔を真っ赤にして追って来る。しかし、速度を上げて走りだしたトラックに人の足がかなうはずもなかった。制帽を地面にたたきつけて悔しがるロペスの姿を見たのを最後に、ニコラはバックミラーから目を離して運転に専念した。

一時間ほど走り続け、彼女は大きな岩の陰に車を寄せてサイド・ブレーキを引いた。まだ道路には出合えない。北部地方の原野や山地では観光客がしばしば道に迷って悲惨な最期を遂げるという話が頭をよぎった。観光ではなく逃亡の旅の場合なら、状況が少しでも便利だとはとうてい考えられない。

地図の一枚でもあればと念じながらニコラは車内を捜してみた。スポーツカーのカタログが一枚、壊れて明かりのつかない懐中電灯が一本、工具が少々と、油の染み込んだ作業着が一枚。地図はなく、食べ物も飲み物も、およそ口に入れられるようなものはチョコレートのかけらさえなかった。

ニコラは鬘《かつら》を外し、死ぬまで二度と鬘などかぶるまいと決心しながらブルネットの人毛の塊を窓から遠くへ投げ捨てた。次にバッグからブルーのワンピースと夏用の靴を取り出して着替え、ピンクのドレスとハイヒールは、ひとまとめにして岩陰に置いた。

「これで終わったわ」とつぶやき、ニコラは再びエンジンを始動させた。

それから二時間後、彼女は相変わらず道なき荒野を突き進んでいた。変化はといえば、燃料計の針がゼロの寸前まで来てしまったことぐらいだ。

ガソリンの残りの量も確かめずに走り続けた思慮のなさが悔やまれたが、考えてみれば、いくら慎重に確かめながら走ったところで、しょせんは同じだった。今までガソリン・スタンドはおろか、人家らしきものが視野の端をかすめたことは一度もなく、果てしなく広がる荒野には牛の群れとスペイン語でブーロと呼ばれる驢馬《ろば》の姿が目につく以外、人っ子一人見当たらない。追跡者の影もないという安心感は徐々に不安へ、そして恐怖へと変わりつつあった。

酒場の前を飛び出してから三時間以上も走って来たのに、目ざす山が少しも近くならないのはどうしてだろうとニコラは思った。光線のいたずらという可能性もないわけではないが、トラックの通れる平らなところばかりを選んで走っているうちに、大きな堂々巡りをしていたような不吉な予感が去来した。

さっきまで肌を焦がすように照りつけていた太陽は山の端に沈みかけている。昼間の熱さが信じられないほどの冷気が襲って来るのももうすぐだが、薄手のワンピースが防寒の役に立つとは思えなかった。

やがて、エンジンは悲しげなつぶやきを残して止まってしまった。泣いても問題は解決しないわよ、とニコラは急いで自分に警告した。泣いている暇があったら、こんな場所でどうやって夜を過ごせばいいか知恵を絞らなければ。彼女は車内をもう一度隅から隅まで捜し回った。荷台に石油缶が一個積んであった。飛び付いてみると、中は空だった。ほかには座席の下からポルノ雑誌が二冊見つかったきりだ。ライターかマッチがあれば、辺りの枯れ枝を集めて火をおこせるのに、あのトラックの運転手は見かけによらず嫌煙家だったらしく、車内にはたばこの吸い殻ひとつ落ちてはいない。

ニコラは彼の作業着をこわごわと見つめた。こんな不潔な上着でも着ずにはいられないほどの寒さがやって来るのだろうか。そうなりませんようにと祈りながら彼女は視線を外し、この付近の事情について知っていることを思い出そうとした。

あいにく、知識と呼べるものはほとんどないことがわかった。マヤ・アステカ文明の遺跡が豊富に点在する南部地方のことなら、いくらでも思い出せるのだが……そういえば、トランス化学の同僚の一人が、中部だったか北部だったかに住む猛毒のさそりのことを話していたような気がする。別の誰かはピューマのことを話していた。それに熊のことも……。

募る恐怖をせき止めるためにニコラは強く唇をかんだ。せめて植物のことだけでももう少し勉強しておけばよかった。サボテンを食べて何日間か生き延びたという話も聞いたことがあるが、どの種類のサボテンでもいいというわけではないだろう。インディアンが幻覚症状を得るために珍重しているサボテンもあると聞く。いっそ、それを食べて夜空のかなたに舞い上がるのも悪くないと考えながら、ニコラはヒステリックな笑いを押し殺した。

辺りは急速に暗くなっていた。ほんの一秒ほど迷った末に彼女はトラックのヘッドライトをつけた。ガソリン切れで走れなくなった以上、バッテリーの節約を心掛けても無意味だ。むしろ明かりをつけて、上空を通りかかる飛行機に見つけてもらうことに望みをつなぐほうが賢明だろう。それに、これはあまり考えたくないことだが、近くを野生の猛獣がうろついているとすれば、明かりを警戒して遠くへ行ってくれるかもしれない。

時間とともに寒さも厳しくなり、ニコラはついに汚い作業着を肩に羽織った。明日は夜明けと同時に行動を起こして、灼熱《しやくねつ》の太陽が地表を焦がす前になるべく遠くまで歩いて行こう。今は、その体力を蓄えるために眠って休息を取るべきときだ。彼女はシートの上で横になり、体を丸めて目を閉じた。

予想外に早く眠りは訪れ、ニコラを夢の世界に誘い込んだ。夢の中で子どもに返った彼女は懐かしいバートン・アバス村の麦畑に寝そべっていた。日はさんさんと降りそそぎ、澄みきった青空高く、一羽の鷹《たか》が緩やかな弧を描いて舞っている。悩みも心配事もなく、実に平和で晴れ晴れとした気持だ。突然、彼女は小さな野兎《のうさぎ》になっていた。鷹が獲物を見つけて急降下で襲いかかって来る。大きな羽音が耳を打ち、鋭いくちばしと爪《つめ》が目の前に……。

ニコラは小さな悲鳴を上げてとび起きた。車内の空気は先刻よりさらに冷たくなっていたが、彼女の体は汗ばんで震えていた。今の羽音は真に迫りすぎていた。夢ではなく現実に、どこかで何かの物音がしたのではないだろうか。

万一の場合に身を守る武器としては貧弱すぎると思いながらも、ニコラは故障した懐中電灯を握り締めてそろそろと車を降り、耳を澄ました。

確かに音が聞こえた。金具がこすれるような音が一度、彼女は悪寒の走る背中を後ろの車体に押しつけ、ヘッドライトの先の薄暗がりを見つめた。すると、また音がした。今度は動物の足音に似ていた。いまにも神経の糸が切れてしまいそうな気がする。牛か驢馬ならいいが、そうでないとすれば……。

弱い光の中で、黒い大きな影が動いた。馬具の音と馬のいななく声が聞こえた。

「誰なの《キエン・エス》?」ニコラは勇気を奮って呼びかけた。

黒い影が近づいて来る。つば広の帽子を目深にかぶったポンチョ姿の大男が、大きな馬の背で手綱を操っている。ニコラは懐中電灯をさらに握り締めた。

馬上の男が声を出した。「ケ・パサ？」どうしたのか、とたずねているのだ。

その声を聞いてニコラは全身を硬直させた。紛れもなく、あの男の声だ。なぜラモンがここに……？いや、これはさっきの悪夢の続きに違いないと彼女は思った。ラモンはドン・ルイースの使いで、ここから何十キロもかなたにいるはずだ。

しかし、ヘッドライトのすぐ近くまで寄って来た馬の背を見上げると、男はまさしくラモンだった。やみくもに走って逃げようとしたそのとき、ニコラは彼の無表情な視線に気づいた。なるほど、と彼女は合点した。ここにいるのはテレジータではない。髪の色も身なりも違う見知らぬ娘なのだ。

ニコラはおもむろに口を開き、わざとおぼつかないスペイン語で言った。「メ・エ・ペルディーダ」

「道に迷った？」ラモンが英語できき返した。「ここからまっすぐ南に行きたまえ。十キロほどで高速道路に出られるよ」

「ありがとう。でも、燃料が切れてしまったの」三日ぶりに使う英語だった。「それに、お昼すぎにコーヒーを飲んだきり、朝から何も食べていないの」

「飲まず食わずで、燃料もなしというわけか。おまけに……」と言いながら、彼はニコラの全身を眺め回した。「服装も野宿向きではないようだな。無鉄砲にもほどがある。そのトラックは、どこで調達して来たんだ？」ラモンはそっけなくたずねた。困っている旅人に同情した様子はどこにもない。

「それは……少し説明しにくい事情が……」

「いいから話してみたまえ」彼は容赦なく促した。

「通りかかったトラックがヒッチハイクさせてくれたんだけれど、その運転手が……心得違いを……」

「心得違いは君のほうだよ、お嬢さん。見ず知らずの男の善意にすがるとは正気のさたじゃない」

「善意だけにすがったりはしないわ」とニコラは抗議した。「その分のお金は払うつもりだったのよ」

「ところが、相手は別の形の報酬を求めたわけだ」冷たい声に、かすかな含み笑いがまじった。「で、その男の運命は？」

「知らないわ。私、彼を……車から突き落として逃げて来たの」ニコラは苦し紛れの嘘《うそ》でごまかした。

「見上げたものだ」ラモンは感心したように言った。「それだけの力と知恵がある人に、僕が手を貸しましょうなどと言ったらしかられそうだ。じゃあ、ごきげんよう。さようなら《アディオス》、セニョリータ」

彼が馬の向きを変えて遠ざかろうとするのを見て、ニコラははじかれたように前に飛び出した。「待って！　待ってちょうだい。こんなところに置き去りにするなんて、あんまりだわ！」

「だから教えてやっただろう？——十キロ南に高速道路が走っていると」ニコラの高い声に驚いた馬をなだめながら、ラモンは平然と言った。「若くて体力もあるんだから、二本の足で歩きたまえ」

これほどまでに憎らしい男は世界じゅうを探してもいないだろうとニコラは思った。こんな男を、たとえ一度でも魅力的だなどと感じたことが信じられなかった。屈辱をかみしめながら、彼女は哀願するように声を作った。「何も食べていないし……暗くて怖いの。どこか泊まれるところへ連れて行ってもらえたら、お金はいくらでも出します」

「僕が、さっきの運転手と同じ報酬を求めないという保証はどこにもないんだよ。怖くないのかい？」

「怖いけれど……今度だけは運を天に任せてみます」哀れを誘うようにニコラは言った。

「君はすでに、多すぎるほどの運を天に任せて来たように見えるがね」ぞっとするほど静かな声だった。

人の第一印象はあてにならないということをニコラは身に染みて思い知った。あのラモンが、こんなにも冷酷で無慈悲な男だったとは……。

彼女は胸の前で両手を組むようにして握り締め、低い声で言った。「お願い、助けてください」

短い沈黙の後、ラモンは肩をすくめた。「いいだろう。今夜はどこかに宿を見つけて、あとのことは朝になってから考えよう。君は一人旅かい？」

ニコラは急いでかぶりを振った。「いいえ……モンテレーで仲間と合流する約束なの」

「すると、君はとんだ見当違いをしていたわけだ」ラモンは愉快そうに言った。「君はモンテレーと逆方向のラ・マリポーサに向かって走っていたんだよ。ドン・ルイース・アルバラード・デ・モンタルバの館だ。彼の名前ぐらいは知っているだろう？」

「ええ……名前だけは……ここも彼の所有地？」

「そのとおり。そうだ、彼に頼めば館に泊めてもらえる。行くかい？」

「行かないわ」と言った後で、ニコラは拒絶した口実を必死になって探した。「こんなへまをして、今でさえ穴があったら入りたい心境なのよ。このうえ、そんな偉い大地主の前で恥をさらしたくはないわ」

「無理もなかろう」ラモンは淡々と言った。「荷物があるなら取って来たまえ。すぐに出かけるぞ」

例のショルダーバッグを肩に掛けて、ニコラはラモンのところへ引き返した。見覚えのあるバッグだと怪しまれたときは、どこでも売っている安物だと言って白《しら》を切り通す覚悟だったが、馬上の男はバッグに無関心な視線を投げたきりだった。「乗りたまえ。礼儀を心得た馬だから、怖がることはない」

少なくとも、主人よりは礼儀を心得た馬であることが即座にわかった。馬を降りて鞍《くら》の席を譲ってくれると思いのほか、ラモンは体を深く折り曲げてニコラの腰に腕を巻きつけた。次の瞬間、彼女は軽々と抱き上げられ、ラモンの膝の前に座らされていた。

「どこかの運転手と違って、僕は馬を乗り逃げされるような危険は冒さないことにしたんだ」彼は得々として言った。「念のため申し上げておきますがね、お嬢さん。このマラゲーノが礼儀正しいのは僕が手綱を取っているときだけですぞ」

この席なら顔を見られずにすむことだけが救いだと思いながらニコラは前方の闇《やみ》をにらみつけた。ワンピースは馬にまたがれないほど窮屈な裾幅ではないが、それでも膝小僧の辺りまで足が出てしまう。ワンピースの代わりにジーンズを持って来るべきだった。

「そんなに固くならなくてもいいのに」からかうような声がニコラの頭の後ろで響いた。「いくら器用な男でも、馬に乗りながらの婦女暴行などという芸当はできやしないよ。安心して乗っていたまえ」

返事の代わりに、ニコラは右手で鞍の端につかまり、左手でマラゲーノのたてがみを握って体の位置を整えた。腰には相変わらずラモンの腕が緩やかにまわり、彼の吐息が耳やうなじをくすぐっている。これよりは、あの動かないトラックの中に一人でいるほうが数倍も安心できるように思えてきたが、今さら気が変わったと言いだす勇気はなかった。

突然、この世のものとも思えない奇怪な声が夜のしじまを破り、ニコラは大きく身震いしてマラゲーノのたてがみを握り締めた。「何なの、あれは?」

「ただのコヨーテだよ」ラモンは無造作に答えてマラゲーノに前進を命じた。

コヨーテと聞いたとたん、ニコラは他人の車を放置して行く良心の痛みを忘れた。トラックをどうするかはモンテレーに着いてから考えればいい。今は、たった一つのことを考えるだけで手いっぱいだった
——会うことは二度とあるまいと思っていたラモンに、よりによってこういう形で再会するはめになっ

た運命の皮肉。

こんなことになるなら、あのままロペスの車でラ・マリポーサに行き、ドン・ルイースの激怒を受ければよかったと思いながら彼女は小さなため息をつき、暗い夜空を見上げた。「月は出ていないのね」

誰に言うともなく彼女はつぶやいた。

「月もなく、恋人を待つバルコニーも、甘い音楽もない。残念だろう？」皮肉な声を聞いて、ニコラは顔をしかめた。あの晩、ラモンがギター弾きを追い払ったときのことが思い出された。

「いいえ。そういう意味で言ったんじゃないの」彼女は頬の紅潮を隠してくれる闇に感謝した。

「すると、さっきのため息は何の意味だい？」

「べつに」とはぐらかして、ニコラは話題を変えた。

「いい馬ね。姿もいいし、力もありそう」

「主人に似たのさ」というのが返事だった。

前の話が蒸し返されないうちに、ニコラは急いで別の話題を探した。「この辺り一帯は、全部モンタルバ家の土地なの？ ずいぶん広大ね」

「以前ほどでもないよ。国の政策で、今ではかなりの土地が無償で小作農民の手に渡ってしまった」

「あなたは政府の方針に賛成じゃないの？」

返事があるまでに一瞬の間があった。「みんながみんな幸せになれれば、それに越したことはない。だが、ごく働き者の一部の連中は別として、大半はせっかく与えられた土地を持て余して困っているのが実情だ。労働を切り売りする身分でいるほうが、はるかに気楽だからな」

「あなたも、その気楽なご身分の一人なの？」

「似たようなものだ」と言ったきり、ラモンは口を閉ざした。ドン・ルイースの血縁という高貴な身分を、どこの馬の骨とも知れない外国人に聞かせてやるのはもったいないとでも思っているらしい。

彼の体温を背中に感じながら話もせずにいると一

秒ごとに神経がすり減っていくような気がして、ニコラはまた話しかけた。「どこまで行くの？　そこは、まだ遠いの？」

「さっきから君は質問ばかりしているね」うるさそうに彼は言った。「行き先は、この近くの農民の小屋だよ、お嬢さん」

ニコラは多少ほっとした。少なくとも、そこには火と食べ物があり、体を休める場所があり、そして何よりもうれしいことに、農民の一家がいるはずだ。ラモンと二人きりで夜を過ごすのでさえなければ、どんな粗末な小屋でも大歓迎だ。

「着いたよ」とラモンから言われたとき、ニコラは驚いて周囲を見まわした。どこに着いたというのだろう。遠くにも近くにも明かりは一つも見えない。呆然《ぼうぜん》としながら彼女は地面に下り、草をはんでいる馬の首筋を優しくなでた。「ありがとう、マラゲーノ」小さな声で彼女は馬をいたわった。

馬の主人も鞍を下り、近くの立ち木に手綱を結んだ。また周囲を見まわしながらニコラはたずねた。

「どこなの、ここは。ここに何があるの？」

「見えないのかい？」ラモンは逆に問い返し、ニコラの背中を押して歩き始めた。

ようやくニコラも気づいた。闇の中に、ひときわ黒い影が浮き出ている。そして、影は確かに家の形をしているが、その方角からは物音一つ聞こえない。まるで無人の空き家のように見える。

「みんなはどこにいるの？」鋭い声で彼女は言った。

「ここにいる君と僕でみんなだよ」ラモンはそっけなく答えながら小屋の戸を開けた。戸がきしみ、ニコラが軽く身震いしたのを見て、彼は愉快そうに笑った。「怖いのかい？　だったら、ここで待っていたまえ。ミゲルの留守中に入り込んでいる不心得者がいたら、追い出して来るから」

「そんな……せっかく休んでいる人に悪いわ」

「いや、人間のことじゃない」

戸口に取り残されたニコラはすくみ上がった。人間でないとすれば、ねずみ？　それとも、さそり、蛇……。

マッチをする音がした。小屋の中が徐々に明るくなる。もう一度マッチの音がして隅の方にも別の明かりがともるのを見て、ニコラはおそるおそる戸口に足を踏み入れた。右手の壁に煤《すす》けた暖炉があり、炉の隅に鉤《かぎ》に鍋《なべ》が一つ掛かっている。左手の壁は作りつけのベッドになっていて、部屋との境に古びたカーテンで仕切りが作ってある。最初に明かりのついたランプは天井からぶら下がり、二番目のランプは隅の四角いテーブルの上に置いてあった。ほかに丸椅子が二脚。小屋の調度品は、それだけだ。

ニコラの顔を見て、またラモンが笑った。「どんな宿を期待していたんだ、メキシコ・シティーのコンチネンタル・ホテルのような部屋かい？」

声の方角に顔を向けたとき、ニコラは息をのみそうになった。彼は帽子を脱ぎ、さっきまで着ていたポンチョも脱いでしまっていた。足には細身のズボンと乗馬用のブーツ、上半身は高級な絹地のカラーシャツといういで立ちだ。昨日の夕方、ホテルのロビーで別れたときのビジネスマンの雰囲気はなく、強い意志と力をみなぎらせた威圧的な男の姿が、そこにはあった。この男に対しては、どんな偽りも演技も通用しないことをニコラは本能的に感じ取った。

相手もまた、ニコラをしげしげと観察していた。二人の視線がぶつかり、無言の火花が散った。

先に顔を背けたのは男のほうだった。軽く肩をすくめて彼は言った。「火をおこして何か温かいものを食べよう。鞍のバッグから食料を取って来るよ。料理は君に任せる」

「そんなに達者な英語を、いったいどこで教わったの？」唐突にニコラはたずねた。

「べつに、どことということはない。自然に覚えた」

ニコラは不自然な笑い声を上げた。「何をたずねても、はぐらかしてしまうのね。人には言えない隠し事でもあるの？」

「そんなものはないよ。君こそ、どうなんだ？」

はっと息をのんだニコラを置き去りにして彼は奥の裏口から出て行き、やがて束にまとめた薪《まき》を抱えて戻って来た。暖炉で火をおこし始めた彼の背中に向かって、ニコラは再び挑戦的な声を投げた。

「この家の勝手にずいぶん詳しいのね。さっきミゲルって言ってたけど、ここはその人の家なの？　その人は、あなたの友だち？」

「ここは彼の家で、彼は僕の友人だった」

「ご……ごめんなさい。お亡くなりになったのね」

ラモンは静かにかぶりを振った。「ミゲルは生きてるよ。鞍の食料を取って来る」

またもや置き去りにされたニコラは暖炉の前の丸椅子に座って脚を伸ばした。燃え始めた薪の火を見ていると、多少は安らぎを感じることができた。刻一刻と募ってくる不安と焦燥の中で、安らぎこそ彼女が最も必要としているものだった。

ラモンはすっかり人が変わってしまった。まる一昼夜の間に、彼はプレイボーイ的側面も持つ有能なビジネスマンから、あらゆる人間を意のままに従わせる独裁者に変身してしまった。大勢の人間を使ってドン・ルイースの農場を一人で切り盛りしているから、というだけでは説明できない何かが、ニコラを不安に陥れていた。

「気分が悪いのか？」戸口から突然声がかかり、ニコラを振り向かせた。「顔色がひどく悪いよ」

「ほっとした反動だと思うわ」ぎごちない笑顔で彼女は答えた。「さんざんな一日だったんですもの」

だが、本当にさんざんなことが始まるのはこれからかもしれない。ベッドが一つしかない以上……。ラモンが持って来たものを隅のテーブルに並べ始めた。何かのシチューの缶詰が一個、缶切り、コーヒーのパックが一袋、最後にブリキのマグと皿が一組。

「悪いが、食器はこれきりなんだ」唇の端に冷笑のようなものを浮かべて彼は言った。

同じ食器を使うことぐらい平気だわとニコラは思った――同じベッドを共用することに比べれば。

「水が要るなら、裏の井戸で汲《く》んで来よう」ラモンが裏口を指さした。「手洗いの小屋も裏庭にある」

「ありがとう」

「ありがとう、のスペイン語は〝グラシアス〟だ」と言って彼は軽く笑った。「外国を旅行するなら、それぐらい勉強して来るべきじゃないのかい？」

「そうだったわね」か細い声で答えながら、ニコラはテーブルに置いていたバッグをさりげなく床に下ろしてラモンの目から隠した。運転手の作業着はこのまま着ておくことにした。ポケットが少し重い。手を入れてみると、すっかり忘れていた懐中電灯だった。わけもなく懐かしさがこみ上げた。

ラモンが炉の鍋に水を汲んで来たので、彼女は隅の流しのところへ行ってみた。流しの下にエナメルのコーヒーポットが転がっている。傷だらけだが、穴はあいていない。少し磨くとポットも鍋もどうにか使える状態になり、やがて食欲をそそるシチューの香りが小屋の中に漂い始めた。

一方、水運びを終えたラモンは巻いて鞍に付けてあった毛布をベッドに運んだり、木につないだマラゲーノの世話をしたりと、小屋を出入りしながら忙しく働いていた。二人とも無言でそれぞれの作業に精を出していたが、その間もすきを見てはお互いを観察することはやめなかった。戦闘開始を前にして相手の力量を値踏みし合う敵同士のように。

いつもの冷静さを取り戻そうとしてニコラはやっきになっていた。愛するユーアンの濃密なキスを受けていたときでさえ、取り乱したり我を忘れたりしたことは一度もない。だが、今度だけは相手が悪すぎると彼女は思った。

ラモンが鼻歌を歌いながら、また小屋に戻って来た。あのギター弾きたちが奏でていたマリアッチのメロディーだ。ニコラは血の気が引くのを感じた。

「もう食べられるのかい？」急に鼻歌をやめたラモンにたずねられて、彼女はとび上がりそうになった。

「え……ええ、いつでも。だけど、どうやって食べましょうか？」

「鞍の中にフォークとスプーンがあったよ。僕はフォークで食べるから、君はスプーンを使いたまえ」

冷えきった体に熱いシチューは何よりのごちそうだったが、ニコラは一口ずつ飲み込むのがやっとで、とても味わうどころの気分ではなかった。わずかしか食べないうちにもうシチューを持て余し始めた彼女を見て、ラモンが不思議そうに言った。

「やけに静かになってしまったんだね。質問の種が尽きてしまったのかい？」

口にできない質問なら山ほどあるのだが、と思いながら、ニコラは弱々しくほほ笑んだ。「ミゲルっていう人のこと、もっと教えてちょうだい」

ラモンは肩をすくめた。「以前は家族ぐるみの付き合いだった。彼は大学時代、万民の平等を目ざす政治思想に感化されて、自ら小作農民の仲間に入って彼らの権利獲得のために闘い始めた。ここは、当時の彼の家だが、今は……見てのとおりだ」

「彼は、ミゲルはどうなったの？」

「政治の改革がはかどらないのに業を煮やして実力行使に出た。つまり、協力的でない地主のところへ仲間と銃を持って押しかけたんだ。地主の農場監督の男を負傷させた後、地下に潜って非合法活動を続けているよ」

「その地主の人は彼らの要求に応じたの？」

「応じたよ」ラモンは苦々しげに言った。「意気地なしの愚か者さ」

「あなたなら、いくら脅されても応じない?」

「当然だよ」と彼は静かに言った。「僕以外の人間が僕の行動を決定することは断じて許されない」その声の中になぜか脅迫めいた響きを感じ取って、ニコラの胸は不安に轟《とどろ》き始めた。そんな彼女を、黒光りする二つの目が鋭く見つめた。「おや、なんだかおびえているように見える。怖いのかい?」

「いいえ」ニコラは急いで言った。

「嘘をついてもだめだよ。目は女性の心の窓だと言ったはずだ。ついにサングラスを外してくれて、うれしいよ、セニョリータ・タラント」

恐怖がニコラの喉を締めつけた。

「なぜ……どうして、私の名前を……」

ラモンは無造作に肩をすくめた。「最初の日、君が車の中で眠っている間にバッグを調べてパスポートを見たんだ。偽のテレジータ・ドミンゲスの正体を知りたいと思ってね」

「でも、あなたはテレジータが子どものころに一度会ったきりなんでしょう?」

彼はゆっくりと首を左右に振った。「確かに、いとこのラモンはテレジータの顔を知らない。しかし、この僕は知っているよ——非常によく知っている」

ニコラはやみくもに立ち上がった。椅子の倒れる音がした。かすれきった声が震えながら飛び出した。

「あなたは誰……いったい、誰なの?」

彼もまた立ち上がった。「僕ですか、セニョリータ。僕はラモンのいとこですよ。名前は、ルイース・アルバラード・デ・モンタルバ」

漆黒の瞳に怒りの火が渦を巻き、大きな両手がつかみかかって来るのが見えた。彼の顔が夢の中で襲いかかってきた鷹の顔に変わった。瞬間、ニコラは意識を失って暗黒の中へと引きずり込まれていった。

4

最初にニコラが感じたのは、息をするのも苦しいほどの激しいむかつきだった。コップのようなものが唇に押しつけられ「飲むんだ」と命じる低い声がした。何かの液体がそそぎ込まれ、口の内側に火のような熱い刺激を与えながら喉へと下りていく。

しばらくして、ニコラはようやく意識を取り戻し、おそるおそる目を開けた。彼女はベッドに寝ていた。部屋の方に顔を向けてみると、天井のランプは消され、テーブルのランプの火も小さく絞ってあった。だが、暖炉の火だけは今も盛んに燃えている。

その暖炉のそばに彼がいた。丸椅子に座り、じっと炎に見入っている。ニコラが身動きした気配を感じたのか、彼がゆっくりと振り向いた。

とび起きようとした寸前、ニコラはベッドの裾に投げ出してあるブルーのワンピースに目を留め、自分がブラジャーとショーツしか身に着けていないことに気づいた。急いで毛布を体に巻きつけはしたものの、もちろん、今さら体を隠しても手遅れだった。誰が服を脱がせ、その機会にとっくりと彼女の体を観察したかは明白だ。

ワンピースの横に、空のショルダーバッグも置いてあった。現金やパスポートをはじめ、中に入っていた小物はすべてテーブルに山積みにしてある。

ルイース・アルバラード・デ・モンタルバが立ち上がり、静かに歩み寄って来た。ニコラは急いで目を閉じて顔を背けた。不覚の涙がひとしずく、まぶたからこぼれて頬に伝わった。

「なぜ泣いている？」と彼はからかった。「犯した罪の大きさに今ごろ気づいたのか？」

「いいえ、私は……」

「君の作り話は聞き飽きた」ニコラの小声を制して彼は冷たく言い渡した。「これからは真実だけを聞かせてくれ。テレジータは今、どこにいる?」

「あなたの手の届かない安全な場所よ」そうでありますようにと念じながら、ニコラは辛らつな口調で反撃に出た。「あなたは自分が結婚の申し込みをすれば、どんな女性でも有頂天になると信じてたんでしょうけれど、あいにく彼女はあなたと結婚するくらいなら死んだほうがましだと思っているわ」

ニコラを見下ろす黒い目に危険な光が走った。

「それは知らなかった。彼女も僕と同様、前々からのこの縁談を既定の事実として受け入れているものとばかり思っていたよ。やはり、修道院の寄宿舎へ早めに呼び戻しておくべきだった」はっとして息をのんだニコラを見て、彼は冷笑した。「僕が知らずにいたとでも? とんでもない。彼女の動向を掌握しておくのは後見人たる者の義務だ。ところが、トランス化学のメキシコ総支配人が、何を誤解したのか、ルームメイト二人の人物を保証したものだから、僕は黙って彼女の好きにさせていたんだ」

「じゃあ、彼女がトランス化学でアルバイトしたことまで……」ニコラは絶望的につぶやいた。

「その仕事の口は僕が世話してやったんだ――一度でいいから自分で働いてみたいと彼女に泣きつかれて」と言ってから、ラモン、いやルイースは口の端に薄笑いを浮かべた。「そうでなければ、あの仕事ぶりからして、彼女は一日で首になっていたよ」

「すべて、お見通しだったようですこと」精いっぱいの皮肉を込めてニコラは言った。「でも、さすがの早耳のあなたも、クリフのことだけは……」

「クリフ・アーノルドのことか? 彼が君たちのアパートに足しげく通っていたことは、最初の日から知っていた」また薄笑いを見せながら彼は言った。

「どうせ、子どもの火遊びみたいなものだろう」

「いいえ、違うわ」と言ってニコラは挑戦的に顎《あご》を上げた。「二人はとっくに結婚しているはずよ」

「それはどうかな。メキシコ人が外国人と結婚する際には、非常に煩雑な手続きが必要だからね」

意外な話だった。メキシコは結婚も離婚も簡単な国ということで有名だったのではないだろうか。国際結婚の場合に限って簡単でないのだとすれば、今までの苦労や努力はすべて無駄になる。

ニコラの口から小さなすすり泣きの声が出ると、ドン・ルイースは不愉快そうに眉を寄せた。「そんな見えすいた手で罰を逃げられると思ったら大間違いだぞ。さっきまでの威勢はどこへいった？」

「私、自分のために泣いてるんじゃないわ」涙で喉を詰まらせながらニコラは言い返した。「テレジータのために泣いてるのよ。あなたに連れ戻され、愛する人と引き裂かれて一生を台なしにされてしまうテレジータのために！」

ルイースはそっけなく肩をすくめた。「彼女がどんな一生を送るかは彼女自身とクリフ君とやらの問題で、僕にはもう関係ない。法律上、彼女は自由意思で結婚できる年齢に達しているんだから」

ニコラは驚いてまばたきした。「じゃあ、あなたは……怒っていないの？」

「怒っているよ、非常に」甘く優しい声で彼は言った。「断りもなく逃げ出したテレジータに対して、また、彼女をそそのかして僕の人生プランを混乱させた犯人に対して、僕は強い怒りを抱いている」

「でも、あなたは、さっき……」

「このことは、彼女を連れ戻す意思の有無とは無関係だ」打って変わった厳しい口調で、彼は言った。「年齢的に言って僕も、そろそろ家庭を持ち、後を継がせる息子を持つべき時期だ。僕は人生に趣《おもむき》と安息を与えたかった。その希望を、テレジータがかテレジータのために手を貸す気にもなったんだわ。愛のかけらも持たない冷血動物と結婚させられようとしているのを見るに見かねたのよ」

彼の口もとに暗い微笑が漂った。「冷血動物――この僕が？　いや、違う。証拠を見せようか？」

次の瞬間、ニコラは太い腕の中に引き寄せられ、乱暴なキスに唇と呼吸を奪われていた。彼女は厚い胸の壁めがけて必死でこぶしを打ち付けたが、岩のように固い壁はびくともしない。やがて、柔らかい唇を蹂躙《じゅうりん》しつくした彼の唇が徐々に位置を変えて頰から白い喉へと下りていくと、ニコラはようやく声を出した。「やめて……お願い」

ルイースは顔を上げ、おびえきった緑色の目を楽しそうにのぞき込んだ。「僕に〝お願い〟しているのは誰だい？　君の空想が作り上げた経験豊富な大人の女性か、それとも僕を怖がって震えている本当の君か、どっちだ？」

なえてくれるはずだった」

ニコラの緑色の目に怒りの火花が散った。「趣と安息ですって？　愛はどこにあるの？　そんな生活にテレジータを引きずり込もうとしていたのね。先祖代々、愛も笑い声もない家庭しか作れなかった人種の考えそうなことだわ」

ルイースの頰がこわばった。「そのおしゃべりな口は、いまに君を破滅させるだろう」

「あら、真実を指摘されるのは、お嫌い？」

とたんに、二つの大きな手が伸びてニコラの肩をわしづかみにし、彼女をベッドの上に引き起こした。

「大嘘《うそ》つきの君に、真実という言葉を口にする資格があるのか！　愛だと？　愛の何たるかも知らない子どものくせに！」

「知ってるわ！」胸の古傷の痛みに顔をしかめながらニコラは叫んだ。「私には、心から愛していた人がいたの……今でも心から愛している人がいるのよ。だから、声もなくかぶりを振るのがニコラにはやっとだった。するとルイースは彼女の体を静かに横たえ、自分もベッドの端に腰を下ろして若々しい白い素肌を念入りに眺め回した。毛布の下に潜り込みたい衝動と闘いながら、ニコラは歯を食いしばって屈辱に耐えた。いかに正当な動機からとはいえ、彼を欺いたことは事実だ。彼には犯人に報復する権利がある……ただ、こんな形の報復は、いや。やめさせてくださいい神様、と彼女は心の中で叫んだ。

残忍なキスに痛めつけられて腫《は》れ上がったニコラの唇を彼は人差し指で軽くなぞり、そして静かに言った。「君は僕に対してひどいことをしたんだ。僕を侮辱し、僕に恥をかかせた。その償いをする用意はあるのかい？」

「私にできることであれば」ニコラは堂々と答えたつもりだったが、出て来た声は震えていた。

「できることだよ、もちろん」ルイースは穏やかに言った。「さっきも言ったように、僕は妻を必要としている。しかし、最初に予定した娘は、君のお陰で別の男のもとへ走ってしまった。そこで、この際やむを得ない。君が身代わりになってくれ」

ニコラは呆然《ぼうぜん》と彼の言葉をかみしめ、ようやく意味を理解したとたんに小さくかぶりを振り始めた。

「だめ……そんなこと、できないわ」

「なぜだい？　僕の熱意がうまく伝わらなかったのかな。じゃあ、もう一度……」

目の前に迫ってくる唇を見てニコラは恐怖に襲われ、必死で彼の体を押しやった。「やめて！」

「だったら、結婚すると言いたまえ。そうすれば、法律上の手続きが終わるまで君に手出しはしない」せせら笑いながらルイースは言った。

「でも、私のこと、嫌いなんでしょう？」言ってしまった後でニコラは愚かすぎる質問を悔やんだ。

「確かに君は僕を怒らせてしまったが、同時に、怒りの埋め合わせをするに足りる別の感情も引き起こしてくれたよ。でなければ、なぜ、僕が下手な芝居に付き合ってラモンのふりをしていたと思うんだい？」彼は一瞬、思い出すような目つきになった。「予定を変更して自分でテレジータを迎えに行くことにしたのは、一種の責任感とでも言おうかな。子どものような娘を花嫁にするんだから、道中を利用して多少は……その……親密になる努力をしておこうかと思ったからだ」

「なんてお優しいこと。彼女は、たちまちあなたにのぼせ上がってしまったことでしょうね」ニコラは萎《な》えそうな気力を奮い立たせて皮肉を言ったが、それが皮肉にもならなかったことに気づいて、いっそう惨めな気持になった。彼に見つめられただけで頭に血が上っていた自分を思い出したのだ。

「ずいぶんと僕をおだててくれるんだな」ルイースは愉快そうに言った。「しかし、実をいうと僕は、さほど楽しい旅になりそうだとも思っていなかった――修道院の前に見も知らぬ娘が立っていて、僕の花嫁候補の名前を名乗るまではね。僕は、だまされたふりをして成り行きを見てやろうという誘惑に勝てなかった」

「でも……心配じゃなかったの？　テレジータのことよ。誘拐されて監禁されているとか……」

「誘拐犯なら、身代わりを立てたりせずに脅迫状をよこすよ。君が彼女と同居していたイギリス娘だということは、すぐに察しがついた。アメリカ人のほうはスペイン語がほとんどしゃべれないと聞いていたからな。君のスペイン語は大したものだ」

「でも、なぜ、だまされたふりなんか……」

「退屈していたからさ」ルイースは平然と言い放った。「事実、君のお陰で、しばらくは退屈せずにすんだ。もっとも、僕としては、昼間だけでなく夜も楽しませてもらえると思っていたから、その点は期待外れだったがね。僕は知らなかったんだ――こんな大それたことをやってのける女が、まだ男も知らない純情娘だとは」思わず身震いしたニコラの顔を、彼は食い入るようにのぞき込んだ。「僕は君を自分のものにしたくなったんだよ、ニコラ。僕の妻になりたまえ」

「いやだとお断りしたら?」

ルイースは軽く肩をすくめた。「それなら、愛人でもいい。アカプルコの別荘は潮騒の音も聞こえて、なかなかロマンチックだよ」

「興味あるお話ね」狂ったように鳴り響く胸の鼓動をなだめながらニコラは冷たく言った。「今の二つの案以外、私に選択の道はないの?」

「あるとも、トラックの窃盗犯として、長い刑務所暮らしをしたいかい?」彼は上機嫌で言った。「君の出方しだいでは、喜んで運転手と交渉してやるつもりだったんだが……」

「私、盗んだんじゃないわ!」恐怖に声を詰まらせながらニコラは叫んだ。「借りただけよ。ちゃんと返すつもりだったのよ」

「行きずりの男に、どうやって?」

長い沈黙の後、ニコラはかすれた声で言った。

「でも、あなたのご家族が……みんな、あなたがテレジータと結婚するものとばかり……」

「そのとおりだよ。従って、僕が今日になって彼女との結婚をやめたと報告したときには、ちょっとした騒ぎになった。叔母は狂喜乱舞さ。今度こそ、娘のピラールにチャンスが巡って来たと思ったらしい」彼は口もとをゆがめて苦笑した。「ところが、僕が君のために部屋を用意してくれと言ったものだから、とたんにしおれてしまった。そこへ、あわてふためいたロペスから電話がかかって来たんだ」

電話口でどなりつけられているロペスの姿を想像して、ニコラは申し訳なさに唇をかんだ。「その電話で、皆さんにも事情が全部わかってしまったんでしょう?」彼女は力なく両手を広げた。「だったら、いくらあなたが私を妻にしようと思っても、皆さんは私を受け入れてくださらないわ」

ルイースはそっけなく肩をすくめた。「どのみちイザベラ叔母は、僕の妻としてピラール以外の女性を受け入れる意思を持っていない。そして、君が僕を欺こうとした事実を知っているのはラモンとロペスの二人きりだ。僕の希望とあらば、あの二人はたとえ口が裂けても他人に口外したりしない」

「それほどまでに人を思いどおりに動かせるなんて、うらやましい限りだわ」ニコラは苦い思いを込めて言った。「でも、私まで思いどおりにできるとは思わないで。私は、たとえどんなことをされようともあなたを憎みつづけるわ。それでもいいの?」

「いや、それでは困る。しかし、憎みつづけるという君の言葉を、僕は信じていない」彼は片手をニコラの小さな肩にかけ、その手を静かに下ろしてレースのブラジャーを取り去った。ニコラは抗議の悲鳴を上げようとしたが、実際には息もできず、身動きもできずに、されるがままになっているだけだった。

形よく盛り上がった白い胸をルイースは険しい顔でじっと見つめ、しわがれた声で言った。「さあ、やって見せてくれ。僕を憎んでいるということを実際の行動で示してくれ――できるものならば」

できなかった。かすれきった小さな声で言うのがやっとだった。「お願い……もうやめて」

「だったら、結婚すると言いたまえ。早くしないと、僕はこのまま……」低い声で言いながら、彼は白い胸にそっと手を触れた。

ニコラの体を甘美な痛みが駆けぬけ、ルイースを求めて全身が熱く疼《うず》き始めた。「わかったわ。結婚します」かすかな声で彼女はささやいた。「だから……だから、やめてください……お願い」

一瞬の間を置いて、彼は低いうめき声とともに手を離し、ニコラの体に毛布を着せ掛けた。「結婚してから、昼間はいくらでも僕を憎み、抵抗したまえ。しかし、それが夜にも通用するとは思わないほうがいい」彼の声は不安定にうわずっていた。

ニコラは返事をせず、目を閉じて顔を背けた。自分自身に対するおぞましさのあまり、死にたいほどだった。〝雪の女王《スノー・クイーン》〟と呼ばれた冷たく取りすましたニコラ・タラントはどこへ行ったのだろう。ルイースの愛撫《あいぶ》があと一秒続いていたら、土台のぐらつき始めた防壁は完全に崩れ落ちて彼を受け入れてしまっていたに違いない。その後は……。

熱いほてりに代わって、身を切るような冷たいものが体に忍び込んだ。結婚の約束をすることで今の急場は逃れたが、引き返すことのできない泥沼に足を踏み入れてしまったという事実に変わりはない。ルイースが求めているのは、彼の欲望を満たすための一個の体にすぎない。欲望が満たされ、やがて倦怠《けんたい》に変わったときのことを考えて、ニコラは大きく身震いした。モンタルバ家の後継ぎを産み、育て、夜になると、帰らぬ夫をあてもなく待ち続けながら朝を迎える。そんな生活に友人を追い込むまいとした結果が……。

小屋の中をルイースが動き回っている気配に気づいて、ニコラは薄目を開けた。彼は暖炉の火を落としているところだった。テーブルの上のランプもすでに消されている。火の始末を終えたルイースがベッドのそばでブーツを脱ぎ始めたのを見て、彼女はまた身震いした。「何をしているの?」

「寝る支度だよ」と答えたルイースは、ニコラの顔に目を留めてにんまりと笑いながらベッドの中に潜り込んで来た。「心配しなくとも約束は守るよ。僕はベッドの上で安眠したいだけだ。床の上は硬いし、それに、こうやって君の体に腕を掛けておけば、君に逃げられる心配もなしに朝まで眠れる」

しばらくするとルイースは規則的な寝息を立て始めたが、ニコラのほうはいつまでたってもまんじりともできなかった。朝の最初の光が窓に差したとき、彼女はわずかに顔を横に向け、昨日までラモン・デ・コスタンサだと信じきっていた男の寝顔を見つめた。想像上のドン・ルイースの顔とは、あまりにも違いすぎる。醜く太った中年の男？　なぜ、そんな想像をしたのだろう。なぜテレジータは、そういう想像を招くような病的な怖がり方をしていたのだろう。この安らかな寝顔を見る限り、若さと力にあふれた男性的魅力しか思えない。

しかし、テレジータの心情もまた非常によく理解できるとニコラは思った。昨夜、この男に正体を言い当てられたときの恐怖を思い出して、彼女は身震いした。反抗するのも昼間だけなら許すと彼は言ったが、それは口答え程度の自由に違いない。反抗的な気持を少しでも行動に移したが最後、彼は圧倒的な力と権力で、謀反を粉砕しにかかるだろう。

あきらめないわ、とニコラは自分に誓った。力では対抗できるはずもない。二度ともとには戻れない体にされてしまうのも時間の問題だ。しかし、心だけは断じて譲り渡すまい。そうしなければ、彼が私への興味を失ったとき、今よりもっと惨めな運命の中へ突き落とされてしまうことになる。

それから間もなくニコラは少しばかり眠ったらしく、気がつくと、ルイースが彼女の肩に手をかけて静かに揺り起こそうとしているところだった。

「そろそろ出発するよ」と彼は言った。

ニコラは一瞬にして夢から現実の世界に引き戻され、はっととび起きた。ルイースは体でも洗って来たところなのか、上半身は裸だった。筋肉の盛り上がった胸が朝の光を受けて輝いている。彼女は急いで目をそらし、かすれた声でたずねた。「どこで……顔を洗えばいいの?」

「鍋《なべ》にお湯をわかして流しに置いてある。僕はマラゲーノに鞍《くら》を着けてくるから、その間に顔を洗うといい」ルイースはベッドの上のカラーシャツを着込み、ボタンをはめながら表へ出て行った。

ニコラは下着のままベッドを飛び出して手早く顔と手を洗い、またベッドに駆け戻ってワンピースを着込んだ。空のショルダーバッグも昨夜のまま置いてあるが、テーブルの上に積み上げてあった所持品は数点の化粧品を残して跡形もなく消えている。現金もパスポートも、ルイースが持ち去ったらしい。これで逃げ道はすべてふさがれてしまったわけだ。

彼女は毛布をたたんで腕に掛け、一歩ずつ踏み締めるようにして小屋の外に出て行った。早朝の冷たい空気が肌を刺した。

ルイースがマラゲーノの手綱を引いて現れた。

「出かけよう。今から行けば朝食に間に合う」

「ラ・マリポーサは、そんなに近いところなの?」目を丸くしてニコラがたずねると、彼はそっけなくうなずいて言った。

「忘れ物はないだろうね」

「私の手もとに残してもらったものは全部持ったわ」と冷たく答えた後で、ニコラは運転手の作業着のことを思い出し、あわてて小屋に駆け戻って取って来た。そして、馬に乗る前に着込もうとしたが、たちまちルイースに引き止められてしまった。

「よしたまえ。どうしても寒いなら、これを貸してやろう」彼が差し出したのは、昨夜着ていたポンチョだった。ニコラはしぶしぶポンチョを羽織った。

二人は昨夜と同じようにマラゲーノの背に揺られて荒野を進んで行った。会話はいっさいなく、まるで会ったばかりの他人同士のようだ。

比喩《ひゆ》ではなく、これは事実だと思ったとたん、ポンチョの中のニコラの体はまた震えた。彼女は怖かった――赤の他人も同然の男と結婚させられようとしていることが。そして、その運命をなかば受け入れ、逃走の意欲さえなくしかけている自分が……。

厳重な石の防護壁に囲まれたラ・マリポーサは、館《やかた》というより荒野に建つ要塞《ようさい》といった感じだった。馬を降り、ルイースに後ろから腕を押されて広い玄関ホールに足を踏み入れたとき、ニコラはしゃくり上げるように大きく息を吸い込んだ。真っ先に目に入ったのは立ち並ぶ男女の使用人たちだった。みんな控えめに居ずまいを正してはいるが、ご主人様《ドゥエーニョ》の花嫁になる娘を一目見ようと興味津々で集まって来たことは明らかだ。彼らとは少し離れて、中年の婦人が若い男女に挟まれて立っていた。

「紹介しよう。叔母のドーニャ・イザベラ・デ・コスタンサと、叔母の娘のピラール、それに息子のラモンだ」ルイースが流ちょうに述べ立てた。

女性二人の目の中には見間違いようのない敵意が宿り、歓迎の言葉も簡単で冷ややかだった。それと対照的に、ラモンは親しみのこもった笑顔で言った。

「ようこそ、セニョリータ。今日から、ここは、あなたの、家です」言葉を一つずつ思い出しているような癖のある英語だ。すると、ルイースが不機嫌にスペイン語で言った。

「わざわざ苦労することはない。彼女は我々の母国語を自由にしゃべれるんだ」

硬い表情で立ちつくしていたドーニャ・イザベラが冷たい口調で言った。「お部屋には、マリアが案内します」彼女の合図で、愛らしいメイドが恥ずかしそうに進み出た。

マリアに先導されてニコラは広い階段を上り、えんえんと続く長い廊下を歩いて行った。メイドは廊下の突き当たりで足を止め、大きな両開きのドアをいっぱいに押し開けてからニコラのために道をあけた。

「こちらでございます、セニョリータ」

中に入って周囲を見まわしたとき、ニコラは一瞬、不安も怒りも忘れて純粋な喜びに打たれた。広く明るく、しかも気品のある部屋だった。家具や調度も伝統の重みを感じさせる格調高い品ばかりだ。四柱式の大きなベッドには、クリーム色の絹地に緑とピンクと金と銀で無数の蝶《ちょう》の刺しゅうを施したベッドカバーがかかっている。ベッドの枕《まくら》もとにも、同じ配色で大きな蝶を縫い込んだ壁掛けが下がっていた。ラ・マリポーサ――〝蝶の館〟なるほどとニコラは思った。

「ここはドーニャ・ミカエラの……ドン・ルイースのご母堂様のお部屋でございました」恭しい口調でマリアが言った。「十六世紀にモンタルバ家のご先祖様がスペインから当地へお渡りになって以来、代代のご当主の奥方様はこの部屋でお休みでございます」

〝では、ご当主様は?〟とニコラはたずねてみたかった。奥方様の夫は代々、どこで眠る習わしなのだろう。再びベッドに目をやったとき、彼女の想像力は美しいベッドカバーの下に体を休めたスペイン生まれの貴婦人の姿を描き出した。夫がドアを開けて入って来るのを今か今かと待ち受ける花嫁。それは、近い将来の自分の姿かもしれない。

「ここが浴室でございます」というマリアの声に空想を断ち切られ、ニコラはほっとしてベッドから顔を背けた。浴室は近年になって改装されたらしく、豪華で近代的な設備が整っている。棚には超高級ブランドの化粧品類が封も切らないまま並んでいる。夫のために肌を磨き、美しく装いをこらす花嫁を想像して、彼女は軽い吐き気を催した。

とはいえ、シャワーへの誘惑も断ちがたかった。髪は汗でこわばっているし、ほこりにまみれた服も着替えたい。ただ、着替えるべき衣類がなかった。自分の衣類はユカタン半島へ行ってしまい、旅行中の着替え用に借りた深紅のドレスは、どこを探しても見当たらない。どうなったのかと誰かに質問する勇気はなかった。洋服だんすには、スーツケースに入っていた残りのドレス類がすでにマリアの手で整然と収められていたが、どれもテレジータが恋をして美しくやせる以前にあつらえたものばかりだ。手ぶらでは怪しまれるからと言って、テレジータは緩くなりすぎた不用のドレスを集めてスーツケースに詰め込んでくれたのだ。古着とはいえ十分に新品として通用しそうな高価で優雅な品ばかりだが、サイズが合わなくては話にならない。ドーニャ・イザベラやピラールの意地悪な視線を予想して、ニコラは憂うつになった。

もう一つ困ったことにマリアは〝セニョリータ〟の入浴を手伝うのを自分の義務だと固く信じている。

必死の説得で彼女を下がらせた後、ニコラはようやくシャワーを浴びて髪と体の汗を洗い流した。

入浴を終えたニコラは柔らかい大きなバスタオルをしっかりと体に巻き付けて部屋に戻り、化粧台のスツールに腰を下ろした。鏡に映った自分の顔を、彼女は不思議なものでも見るような思いでのぞき込んだ。ニコラ・タラントという娘は今日あたり、ユカタン半島のメリダで旅行ガイドを広げて楽しい旅行の計画をもう一度確認しているはずなのに、なぜこんなところへ来て、美しい牢獄《ろうごく》に閉じ込められるようなことになってしまったのだろう。

この広大な屋敷のどこかに、牢獄の鍵《かぎ》を握る男がいることをニコラは思い出した。ヒステリックな悲鳴が喉をついて飛び出しそうになった。これは何かの冗談だ。たちの悪い冗談に違いない。愛もない男の妻になり、忍耐と服従の生活を強制される――そんなことが許されるはずはない。

しかし、愛も持たず、ひたすら便宜のためだけに結婚する男が存在することをニコラは知っていた。ルイース・デ・モンタルバが然《しか》り、そしてユーアンもだ。そんな男の妻になった悲哀をグレタはすでに味わい始めているだろうか。それとも、望みのものを手に入れた当然の代償として、黙って耐えているのだろうか。

グレタが初めてユーアンを見た現場にはニコラも居合わせていた。美人とは言いがたいグレタの顔に赤みがさし、やや間の抜けた青い目に明らかな欲望の光が宿る一部始終を彼女は見ていた。結局、社長令嬢の欲望とユーアンの出世欲とがうまく一致し、ユーアンは出世のために愛を捨てたのだ。

こみ上げそうな涙をのみ下してニコラは勢いよく立ち上がり、ヘアブラシを持ってバルコニーに出た。どこかにヘアドライヤーもあるのだろうが、それだけの用事でマリアを呼びつけるのもおっくうな感じだ。強い日差しの中で、彼女は髪をたんねんにとかして乾かした。

足もとに物音を聞いて、ニコラは下を見下ろした。バルコニーの真下の中庭にラモンが立ち、当惑と賞賛の入りまじった表情でこちらを見上げている。

「邪魔をするつもりはなかったんです。厩舎《きゅうしゃ》へ行こうと思って、たまたま通りかかったら……」と言いながら、彼は中庭の隅のアーチ門を示した。厩舎はその門の向こうにあるらしい。

「邪魔だなんて、とんでもない」と、ニコラは明るく答えた。「私、髪を洗って乾かしていましたの」

「そのようですね。きれいな髪だ」ラモンの笑顔はニコラの心を和ませた。ルイースよりは小柄で、たくましさの点でもやや劣るが、人なつっこい感じの魅力あふれる青年だと彼女は思った。このラモンが迎えに来てくれていたのなら、何の問題も生じない楽しい旅になっていたに違いない。

そんな思いを読み取ったのか、ラモンが無念そうに言った。「ルイースは、どこからどこまで幸運に恵まれた男だ」

ニコラは頬が赤くなるのを感じた。「じゃあ、ご存じなんですね……何もかも」

ラモンは肩をすくめながら大きく両手を広げた。「ルイースは最初の日の昼食どき、どこかのレストランから電話をかけて来て、テレジータがどこで何をしているか大至急調べるように言いました。そのときに彼は事情を話したんです。もっとも……」と言いさしたまま、彼が口ごもったので、ニコラは自分で先を補った。

「もっとも、この私がここまで連れて来られるとは、よもや思っていらっしゃらなかったんでしょうね」

今度はラモンが顔を赤らめた。「まあ……そんなところです。しかし、僕は喜んでいるんですよ。ルイースも結婚すべき時期です。寂しさはもう十分に味わいつくしたことだろうから」

ニコラは冷やかすように眉を上げた。「寂しさを味わう暇が彼にあったとは思えませんけれど?」

「セニョリータ・タラント!」ラモンは困ったような顔でたしなめた。「わかってやってください。彼もただの男であって、聖人君子じゃないんですよ」

「よくわかっていますわ」ニコラは無理に笑顔を作った。「それから、お願いですから私のことは、ニコラと呼んでください」

ラモンも明るい笑顔になった。「喜んで。お互い、これからは友だち付き合いで行きましょう」

「どうぞよろしく」と言いながらニコラは周囲を見渡した。「すてきな中庭ですこと」

中庭の中央には石のベンチで囲った井戸があり、横の立ち木の枝が涼しそうな木陰を作っている。

「ここは夕涼みに格好の場所ですよ」とラモンが言った。「パーティーのときは、木の枝や一階の回廊にランタンを吊《つ》るすんです」

「よくパーティーをなさるんですか？」

「最近は遠ざかっていますが、近日中に事情は大きく変わるでしょう」

それがドン・ルイースの成婚祝賀行事のことを意味しているなら、ランタンは倉庫の奥でほこりをかぶっているべきだとニコラは思った。しかし、彼女の空想力は勝手に一人歩きをして庭にランタンをともし、空にはまぶしい太陽の代わりに金色の三日月を昇らせてしまった。テーブルの上には異国情緒あふれる料理が並び、人々の談笑する低いざわめきにまじってきぬずれや扇子の音も聞こえることだろう。甘いマリアッチの曲も流れて……。

ニコラは軽いめまいを感じて大きくかぶりを振った。愚かな空想にふけったことが悔やまれた。ラモンがアーチ門をくぐって中庭を出るのを見送った後、彼女は髪の乾きぐあいを確かめながら部屋に戻り、とたんに大きな体にぶつかりそうになった。

ルイースが腰に手を当て、険しい表情で立っていた。「叔母が朝食を始めたくて気をもんでいる」彼は冷たい声で言った。

「ごめんなさい。髪を洗ったものだから、外に出て乾かしていたの」

「そして、ラモンとの会話を楽しんでいたわけだ」一瞬の間を置いてルイースはそっけなく付け加えた。「今後、人と話すなら、ちゃんと何かを身にまとうぐらいの作法はわきまえてほしいものだ」

ニコラは自分の体を見下ろし、バスタオルがしっかり体に巻き付いていることを確かめてから憤然と顔を上げた。「作法ぐらい十分にわきまえているわ。これだって、ゆうべの格好に比べれば……」

「僕と二人きりのときには、どんな服を着ようがかまわないし、いっそ何も着なくても僕は不平など言わないよ」氷のように冷たい声で言うと、ルイースはきびすを返した。「早く食堂に下りて来てくれ。叔母が待っている」

ドアが閉まったとたん，積もった怒りがニコラの口を動かした。「いったい、自分を何様だと思っているのかしら！」彼女は洋服だんすの戸と引き出しを同時に開け、真っ先に手が触れた下着とドレスを引っ張り出した。

ルイースが何者であるかは知りたくもなかったが、頭の中ではすでに一つの答えがまとまり始めていた。彼は囚人の逮捕者であり、看守であり、牢獄の鍵を持つ男、そして自分の意思をほかのあらゆる人間に強要するだけの力を持つ男だ。

ニコラは両手のこぶしを握り締めた。てのひらに爪《つめ》が食い込み、跡を作っているのがわかった。かすれた声で彼女はつぶやいた。

「神様、私をここから逃がしてください。手遅れにならないうちに、どうか、早く！」

5

ニコラは柱廊の日陰に体を休め、うつろなまなざしで中庭を見つめていた。柱廊に椅子と足台を運んでくれたのは館《やかた》の家令を勤めるカルロス――ごま塩頭の謹厳な顔つきの男だ。目の前のテーブルには氷を入れたフルーツジュースのグラスも置いてあるが、中身は少しも減っていない。ニコラは深く眉を寄せ、惨たんたる空気のうちに終始した朝食のことを思い返すのに忙しかった。

カルロスに導かれて食堂に入った瞬間から、ニコラは厚い壁のような敵意を感じ取った。ルイースは彼女の細身の体には大きすぎる緩いドレスを冷ややかに見つめ、すぐに顔を背けて叔母に話しかけた。

「ニコラの衣装をすべて新調しなくてはなりません。叔母上の洋裁師を呼んでいただけますか？」

「服なら私、十分に持っています」とニコラは口を挟んだ。「ただ、今はちょっと……遠くに……」

「その服のことは忘れたまえ」ルイースは即座に言った。「どうせ、この家の女主人たる者の嫁入り道具にふさわしい衣装ではあるまい」

ドーニャ・イザベラが鋭い音を立てて息を吸い込んだ。「ルイース、私の洋裁師は、そんな……」

「そうですか、すぐに手配していただけるんですね。ありがとうございます」

一触即発の危機をはらんだ重苦しい沈黙が食堂内に張り詰めた。やがて、敗北を悟った叔母は攻撃のほこ先をニコラに向けた。「結婚式は、いたって簡素なものになるでしょう。そのことは、あなたにも承知しておいていただきます」

「簡素？」不思議そうにルイースが言った。「僕は親類や友人全部に招待状を発送するつもりですよ」

「でも、ルイース……」叔母は言いさして絶句し、そのあと投げやりに言った。「お好きになさい」

「重ね重ね、ありがとうございます」ルイースは軽く頭を下げてからニコラに言った。「君のご家族にも、ぜひ列席していただきたいんだが？」

ニコラは当惑して肩をすくめた。「ちょうど農繁期で父は忙しいでしょうし、母も、父といっしょでなければどこへも行きたがらない人ですから……」

「いずれにせよ、君が手紙を書く折には僕の希望を一言、書き添えておいてくれたまえ」

両親にどんな手紙を書けばいいのだろうと思ってニコラがぞっとしたとき、それまで黙り込んでいたピラールが初めて口を開き、意地悪な口調で言った。

「あら、農家のお生まれですの？　だったら牛や馬の扱いには、さぞかし慣れておいでなんでしょうね」

ニコラは軽い微笑を浮かべた。「ええ。それに、豚もですわ。私、豚の扱いにも慣れてますのよ」

またもや食堂を包んだ険悪な沈黙の中で、彼女はルイースの顔を盗み見た。ニコラの圧倒的勝利に終わった今の舌戦を彼が好ましく思っていないことははっきりと表情にあらわれていた。

カルロスが制服を着たメイドを従えて現れ、朝食の給仕が始まったが、ニコラは空腹のはずなのに少しも食欲を感じなかった。一口ずつ無理やり喉に押し込みながら、彼女は広い食堂の天井や壁に目を走らせた。寝室と同様、調度品の大半は伝統の重みで黒光りしている重厚な品ばかりだ。そして四方の壁には取りすました陰気な顔の人物画を入れた額が数えきれないほど並んでいる。男女の比率がほぼ同じところを見ても、どうやら歴代の夫妻の肖像画と思われた。男性は一様に尊大に肩を怒らし、女性もまた一様に豪華な指輪を見せびらかしながら両手を膝の上で重ね、そして全員が無表情に宙の一点を見つめている。

そんな中で、たった一枚だけ例外があった。ほかの絵がすべて中年から初老にかけての人物を描いているのに反して、その絵の女性ははつらつとした若さを十分にとどめていた。作法どおり姿勢を正してはいるものの、暗褐色の目には知性の輝きがあり、豊かな唇にはかすかな微笑も漂っている。貞淑を誇示するようなレースのヴェールをかぶっていないのも彼女一人だった。ブルネットの豊かな髪には重苦しいヴェールに代わって銀色の蝶《ちょう》が一つ止まっていた。ドレスも無地の銀色。そのドレスの膝に、みずみずしい薔薇《ばら》が一輪、彼女の片手で軽く支えられている。ドレスの銀色と薔薇の深紅の対比が、はっとするほど強烈で刺激的だ。

誰だろう、とニコラは思ったが、重苦しい沈黙に閉ざされた食堂の雰囲気は、とてもそんな質問を受け入れてくれそうにない。

食事が終わるやいなやルイースは仕事があると言って席を立ち、続いてドーニャ・イザベラも娘を従えて食堂を去った。冷たく閉まったドアを見つめながらニコラは唇をかみ、そして、三人の態度を当然だと思い直した。この家にとって見ず知らずのイギリス娘は歓迎すべからざる侵入者にすぎないのだ。

しばらくしてニコラも席を立ち、所在ないまま玄関ホールに出て行った。そこへカルロスが通りかかり、柱廊のテラスに椅子を出してくれたのだった。

けれど、こんなところにいつまでも座っているわけにはいかないわ、とニコラは思った。何かはわからないが、何かしなくてはいけない。彼女は先刻ラモンが出て行ったアーチ門に目をやった。あの門の向こうに厩舎《きゅうしゃ》があるはずだ。厩舎を見がてら、館の中を少し探険してみよう。

ニコラは立ち上がり、テラスづたいにアーチ門のところへ行ってみた。門の向こうに平屋の建物がいくつか見えた。どこかで人々の笑いさざめく声が聞こえる。ギターの音も聞こえたような気がしたが、これはどうやらそら耳だったらしい。木戸を押し開けて門の外に出る。飛んで来て連れ戻そうとする者は現れず、彼女はぶらぶらと散歩を続けた。

建物の一つは館の調理場だと見え、食欲をそそる料理の香りが戸外にまで漂っていた。料理人たちは早くも昼食の準備に取りかかったらしい。その建物の角を曲がったとき、ニコラは驚いて足を止めた。一本の道を挟んで小さな平屋が点々と続いている。ここは館の敷地の中なのだから館や農場で働く人々のための住まいに違いない。しかし、どう見てもそれは一つの村だった。道の真ん中で数人の子どもたちが石けりをして遊んでいた。

ニコラは近づいて「こんにちは《ブエノス・ディアス》」と声をかけた。子どもたちは目を丸くして急いで道を開けたが、見知らぬ大人に声をかけようとする者はいなかった。

住宅の間の道をニコラはゆっくりと進んで行った。それぞれの家は小ざっぱりと手入れが行き届き、通り全体に静かでのどかな雰囲気が感じられる。どうやら、ここの労働者の待遇は悪くもないらしい。

通りは住宅街の外れで終わり、そこから左右に分かれていた。どちらへ行こうかと迷いながら足を止めると、道端の石垣の陰で寝ていた犬が顔を上げ、一声わんと吠《ほ》えて、また眠ってしまった。

「平和そのものね」ニコラは苦笑しながらつぶやき、額に手をかざして周囲を見まわした。右手は用水路の走る耕作地だ。遠くで作業にいそしむ男たちの姿が見える。反対側の左手を見ると、厩舎があり、前庭でラモンが小太りの男と立ち話をしている。ニコラに気づいたラモンが話をやめて駆け寄って来た。

「ニコラ！　どうして、ここへ？　ルイースは？」

「一人で散歩に出て来たんです……いけなかったのかしら」ニコラは不安を隠しながら言った。

「何を言うんだ、ここは君の家だよ」と言ってラモンは笑った。「君がラ・マリポーサを気に入ってくれれば、ルイースももう少し落ち着いてここで暮してくれるようになるだろう」疑わしげなニコラの表情を見て彼の笑みは消え、少し困ったような顔で解説を加えた。「ルイースはもともとはこの館が大好きなんだが、母が館の家事を取りしきるようになってからというもの……誤解しないでほしいんだ、ルイースは母に対して非常によくしてくれている」ラモンは急いで言い添え、また言葉を続けた。「もし母の態度で気に障るようなことがあっても、どうか許してやってほしい。母も母なりに一つの計画を持っていたものだから」

「ルイースを妹さんと結婚させたがっておいでだったとか」ニコラが淡々と言うと、ラモンはますます困惑した顔になった。

「ナンセンスだよ。当人たちには最初から、全くその気がなかったんだからね。ただ……」言いよどんだ末に、彼は何か決心した様子でニコラを見つめた。「人づての噂《うわさ》で聞くより、僕の口からはっきり話しておくほうがよさそうだ。実をいうと妹は一年ほど前、ある男に恋をしたんだ。しかし、その男は妹にふさわしくない相手だったので、妹は彼を忘れるよう言い渡され、そこへ、母が熱心に……」ラモンは肩をすくめた。「あとはわかるだろう?」

ニコラは無言でうなずいた。かわいそうに、ピラールは二度までもチャンスを失ったらしい。あの露骨な敵意も理解できなくはない。「妹さんはルイースを……愛していらしたの?」

「というより、恋を恋していたんだと思うよ、あのとおりの子どもだからね」ラモンは無造作に言った。

「ところで、テレジータは美人になった?」気さくな笑顔に戻って彼はたずねた。

「ええ。あなたのことを、とっても優しいお兄さんだと褒めていてよ」話題が変わったことを喜びながらニコラも笑顔で言った。

ラモンはうれしそうに笑った。「しかし、ここへ彼女が来たときは大変だったんだよ。子どもを喜ばせてやろうと思って、ルイースが馬に乗せたんだが、彼女は泣き出して、次に金切り声で悲鳴を上げて、最後には気を失ってしまった」

「私も、そうすればよかったんだわ」

ニコラの独り言を耳ざとく聞きつけて、ラモンが心配そうにたずねた。「君も馬はだめ? 残念だなあ。ルイースは馬が大好きなのに」

「馬には子どものころから乗り慣れています」

「よかった。それなら、ルイースも喜ぶだろう」

ニコラは唇をかみしめた。「彼を喜ばせることだけが私の人生の目的とは私、思っていないの」

とたんにラモンの微笑が消えた。「ニコラ……しかし、彼との間でどんなことがあったにせよ、彼は結婚という形で責任を取ろうとしているんだ。そこをわかってやってほしい……」

ラモンの言葉の意味をかみしめるうちに、ニコラの頬はゆっくりと紅潮していった。「申し上げておきますが、私たちの間には責任を取ったり取られたりするようなことは……あなたの考えていらっしゃるようなことは、いっさい起こっていません！」

「どうか許して。妙なことを言い出した僕が悪かった」ラモンは早口で言った。「厩舎の中をご案内しようか？　ただ、残念ながら婦人用の馬は一頭きりで、ピラールの馬なんだ……もちろん、妹は喜んで貸すと思うけれど……」自信なさそうに口をつぐんだラモンを見てニコラは気の毒になり、明るい声で言った。

「それより先に私、あの古い館の中をもっと詳しく見て回りたいの。由緒ある建物なんでしょう？」

「もちろんだよ」ラモンはほっとしたように顔をほころばした。「午後なら手が空いているから、ぜひ僕に案内させて」

ニコラは笑顔でうなずき、逃走を助けてくれそうな協力者のリストからラモンを消し去ってきびすを返した。協力者のリストは白紙に戻ってしまった。

ラモンがルイースを尊敬しきっていることは彼の態度、彼の言葉の端々に表れていた。そしてラモンは、いとこが旅の途中か荒野の小屋で情熱の赴くまま衝動的な行為に走り、その償いとして結婚しようとしていると思い込んでいるらしい。ほかの人々も似たりよったりの想像をしているのだろうかと思ってニコラは顔をしかめた。

アーチ門をくぐって中庭に戻ると、テラスから左右を見まわしていたマリアが小走りに寄って来た。

「セニョール・ドン・ルイースからドレスのお直しを申しつかっております。お部屋にお供いたしますので、お急ぎのものからお渡しくださいませ」

マリアはどことなく元気がなかった。ニコラの姿が見えないことでルイースからしかりつけられたに違いない。申し訳なさに胸が痛んだが、正直なところドレスを直してもらえるのはありがたかった。毅《き》然《ぜん》としていようと思っても、体にぶらさがるようなドレスでは格好がつかない。

二階の部屋に戻るとメイドは元気を取り戻し、こまねずみのように動き回って女主人の寸法を取った。マリアはニコラの金髪に感嘆のため息をもらした後で、欲をいえばもっと食べて太るべきだと、控えめながらも熱心に進言した。推察するに、ルイースの趣味は豊満な肉体美を誇る女性らしい。

ふと起こった奇妙な胸の痛みをニコラは断固として振り払った。ルイースの趣味などどうだっていい。心に刻んでおくべき事実はただ一つ――彼は傷つけられた自尊心の満足を求めて、一人の娘を愛なき結婚生活に引きずり込もうとしている男だということだ。彼が満足を求めているものがほかにもあったことを思い出して、ニコラは口の中が乾くのを感じた。昨夜の彼の唇、手、欲望の渦まく目……。

テレジータの衣装の中から直せば着られそうなものを選《え》り分けることで、昼食までの時間はなんとかつぶれた。本来は昼食にも行きたくなかったが、ルイースに探しに来られるよりはと思い、ニコラは敵地に乗り込む心境で食堂に下りて行った。マリアが朝のうちにブルーのワンピースを洗濯してきれいにアイロンをかけておいてくれたお陰で、なんとか人前に出られる姿になれたのは救いだった。

ニコラがドアを開けたとたん、食堂の中の話し声がぴたりとやんだ。気まずい空気を破って、ラモンが笑顔で椅子を勧め、声を低くして言った。

「ルイースは少し遅れるそうだよ。パブロとかいうトラックの運転手が来ているんだ」

「トラックの運転手？」耳を澄まして聞いていたらしく、ピラールが鋭い声を上げた。「そんな男に会ってあげるのはホアン・エルナンデスの仕事でしょ？」

「ルイースは必要があって自分で会っているんだ」兄からそっけなくたしなめられてピラールは口をつぐんだが、目にはなおも疑惑の光が宿っている。

困惑を紛らすためにニコラは同席者たちから視線を外して、例の若い女性の肖像画を見つめた。苦りきった顔の子孫たちを見下ろして絵の中の貴婦人が一瞬、笑いをかみ殺したように思えた。

「ドーニャ・マヌエラが気に入ったようだね、ニコラ」母と妹の分を償うような親しい口調でラモンが話しかけたとたん、彼の母親が眉を吊《つ》り上げた。

「ラモン！　よそのおかたに向かって、そういう失礼な口のきき方をするものではありません」

「ニコラはすでに我々の家族も同然ですよ」ラモンは臆面《おくめん》もなく言い返した。

「ゴンサゴ神父様が伝道からお帰りになって正式に式を挙げてくださるまでは、けじめというものをわきまえるべきです。息子の無礼をお許しください、セニョリータ・タラント」かみつくような表情で彼女はニコラに謝った。

「とんでもございません」ニコラは愛想よく言った。「ご子息は本当にお優しいかたですわ」

息子は底ぬけの愚か者だとドーニャ・イザベラの顔は言っていた。そのときドアが勢いよく開き、ルイースが入って来た。「待たせてすまない。先に始めてくれればよかったのに」

「トラックの運転手なんかと、いったい何の話があったの？」待ちかねたようにピラールがたずねた。

「ちょっとした事故の賠償問題だ。気にかけてもらってうれしいが、すべて解決したから、この件はもう忘れてくれていいんだよ」ルイースはにこやかに言ったが、それは明らかに全員に対する命令だった。

食事はミートボールをふんだんに入れた濃いスープに始まり、チリペパーをきかせた豚肉料理、香味豊かな野菜の煮込み料理と続き、ココナツジュースを何かと混ぜ合わせた甘い飲み物で終わった。

「メキシコ料理はお口に合いまして？」冷たい微笑とともにピラールがたずねた。「イギリスの人は淡白な味をお好みだと聞いていますけれど？」

「メキシコに来てから一年以上もたちますので、もうすっかり慣れましたわ」と受け流して、ニコラはラモンに笑顔を向けた。「館の中を案内してくださるというお約束、覚えていてくださいまして？」

「忘れるはずがない」ラモンは勢いよく立ち上がり、テーブルの上席で無表情に座っているルイースの顔を見た。「ルイース、いいね？」

「もちろんだよ」のんびりとした声で返事が戻って来たが、ニコラは彼が決して愉快には思っていないことを肌で感じ取り、奇妙な興奮を味わった。

食堂からホールに出たとき、ラモンは申し訳なさそうに言った。「案内役を母が買って出なかったのを不思議に思っているんだろうけれど……」

「いいえ、少しも。妹さんと食事前のお話の続きをなさるのにお忙しいことぐらいわかっていてよ――当家の嫁として私がいかにふさわしくないかというお話の」ニコラの冷淡な声に、彼はため息をついた。

「やっぱり、わかってしまったんだね。すまない。母はラ・マリポーサの女主人の地位に未練を持っていて……誰が来ても同じことだよ。決して君個人を非難しているんじゃないんだ」

その意見には賛同しかねたものの、ニコラは感謝の笑顔でうなずき、恐縮しきったラモンを励ますために話題を変えた。「すてきなお部屋だこと。家具もずいぶん古いもののようね」二人は広い客間に入ったところだった。

「この家の家具の大半は初代の当主が故国スペインから運ばせたものなんだ——帆船で大西洋を渡り、騾馬《らば》の引く荷車に積み替えて」ラモンはおどけたしかめっ面をした。「よくも、そんな大仕事を引き受けた者がいるものだ。ひとえにドーニャ・マヌエラの魅力と説得力の賜物《たまもの》だろうね」彼が食堂でも同じ名前を口にしたことをニコラは思い出した。

「じゃあ、この家具類は、みんなそのかたが？」

「ほとんどは、そうだ」ラモンは大きくうなずいて言った。「ロマンチックないきさつがあるんだよ。彼女はスペインの名家の女相続人で、しかも絶世の美女だった。ところが、恋をした相手というのが勇気以外には地位も財産もない一介の兵士。もちろん周囲はあわてて二人の仲を裂いた。なにしろ彼女は当時の宮廷の華で、軽やかに踊る姿から〝うるわしの蝶《マリポーサ》〟とまで呼ばれた女性だからね」

「すると、館の名前も、そこから……」

「そう。ところで、兵士のほうは新大陸に渡って巨大な富を築き上げ、改めて彼女に求婚した。今度は周囲も反対できず、その代わり、野蛮な土地へ行くのはやめてくれ、スペインを出て行かないでくれと、泣いて彼女に頼んだ。すると彼女は笑って、それならスペインを少しばかり向こうへ持って行きましょうと言ったそうだよ」

なんと勇敢な、なんとひたむきな清い心の持ち主だろう。ニコラの胸を暖かい春風のようなものが吹き抜けた。耳を澄ませば、ドーニャ・マヌエラの明るい笑い声が今も館のどこかで聞こえるような、そんな気持さえした。

「そして、二人は一生涯、仲よく幸せに暮らしました？」ほほ笑みながらニコラはたずねた。

「違うとは言えないけど……」ラモンは無造作に肩をすくめた。「ここへ来て一年後——あの肖像画が完成した直後に、彼女の一生は長男を出産すると同時に終わってしまったんだよ。彼女の夫は悲しみで発狂寸前まで追いつめられ、妻の忘れ形見の成長だけを支えに、かろうじて正気を保ち続けたそうだ」

ニコラは身震いした。「ロマンチックな話ということだったけれど、ずいぶん悲しい物語なのね」

ラモンは意外そうな顔をした。「いちずに愛した相手と結ばれ、その男の愛を一身に受けながら死んでいったんだよ。幸福な期間がどんなに短くとも、それは女性なら誰もがひそかにあこがれる女の一生じゃないのかなあ」

「さあ、よくわからないわ」彼女はそっけなく言った。「次のお部屋を見せていただけます？」

数えきれないほどの部屋を見せられた中で、ニコラが少しも入りたいと思わない部屋が一つだけあった。ルイースの書斎だ。ドアは開け放してあった。

「ここはルイース専用の聖域だよ」中に入りながらラモンが解説した。「このドアが閉まっているときは、ノックもしてはいけない決まりなんだ。むろん、君だけは例外だと思うがね」

そんなことはあり得ないと思いながら、ニコラは室内を見まわした。大きなデスクが一つ。あとは本でいっぱいの書棚が並んでいるだけの、驚くほど簡素な部屋だ。「あなたのデスクは？」

「ここに？　まさか！」ラモンは吹き出した。「僕は、ちゃんと別に執務室を持っているよ。ルイースのプライバシーを侵害するほどの度胸は、あいにく持ち合わせていないんだ」

威圧されるような息苦しさを感じてニコラは部屋を出ようとした。そして振り向いたとたん、戸口にもたれたルイースとまともに顔を合わせてしまった。同時にラモンも立ちすくみ、早口で言った。

「館の中を残らず案内しようと思って……」

「それでいいんだよ、もちろん」ルイースは平然と言った。「ただ、調理場や二階の寝室の案内役にはカルメラのほうが適任だろう。ホアン・エルナンデスが君を捜していたよ」

　ラモンはニコラが感謝の言葉を述べる前に走り去った。ルイースはゆったりとデスクに歩み寄り、小箱から葉巻を取り出して火をつけた。

「この家、気に入ったかい？」僕の家と言わなかったことにニコラは耳を留めた。

「気に入らない人がいたら不思議よ」熱のない声で彼女は答えた。「ドーニャ・マヌエラの話、ラモンから聞いたわ――ラ・マリポーサの名前の由来も。そういえば、肖像画の彼女も蝶の髪飾りをつけていたわね。あの髪飾りも、まだ残っているの？」

「あれは初代がサント・トマス付近の鉱山から採れた銀で特別に作らせたものだ。彼女の亡骸《なきがら》といっしょに葬られたそうだよ」ルイースはデスクの上に並んだ電話器の一つに手を置いた。「メイド頭を呼んで、調理場に案内させようか？」

「その前に……その前に、少しお話があるの」

　ルイースは葉巻を静かにくゆらせた。「何なりと承りますよ、セニョリータ」

　ニコラは大きく息を吸い込んで、気持を整えた。

「私がこの家に受け入れてもらえそうもないということは、もうわかったでしょう？　私を放免してちょうだい――皆さんのために」

「君のため、だろう？」ルイースは冷たく言い放った。「しかし、不安がることはない。叔母もすぐに君の機嫌を取るようになる。そうしなければ叔母自身が困ることになるんだからね」

「どういうことなの？」

「話は単純さ。叔母の夫はギャンブルと鉱脈探しで全財産をなくしてしまった。ラモンは父親に似ず実直で牧場の経営を任せるに足る人物だから、僕が頼んで来てもらったんだが、叔母のほうは違う。あくまで僕の客にすぎないんだ」

ニコラは唇を湿した。「でも、叔母様やピラールには、どんなふうに話したの、私たちのこと?」

ルイースは苦笑いした。「状況に見合った物語を聞かせておいたよ。それが何か?」

「いいえ、べつに」ニコラは挑戦的に顎《あご》を上げた。

その顎にルイースは手をかけ、自分の目を見つめさせた。「一つだけ警告しておくが、ラモンの頭に妙な恋心を吹き込んではいけないよ」

「ご心配なく!」ニコラは強引に顔を背けた。「とてもそんな暇はないわ。自分の呪《のろ》われた運命のことを考えるだけで手いっぱいだわ」それを捨て台詞《ぜりふ》にして彼女は部屋を出ようとしたが、たちまち腕をつかまれ、また正面を向かされてしまった。

「僕との結婚を、そんなふうに考えているんだね?」彼は優しい声で言った。「本当に?」

ルイースの唇が静かに近づき、ニコラの唇に重なった。昨夜とは対照的に、凶暴さのかけらもない甘く優しいキスだった。官能的な彼の唇の動きは、ニコラが厳重に閉ざしたはずの心の鍵《かぎ》を簡単に打ち砕き、心臓の鼓動を狂わせた。太い腕がニコラの体をしっかりと抱き寄せたとき、彼女は自分の敗北を悟った。無意識のうちに両手がルイースの背中を駆け上がり、彼の黒髪を握り締めた。キスはさらに情熱の度を増し、ニコラの中に熱風を送り込んだ。

「ルイース、電話のスイッチを切っているの?」ピラールの声が戸口に近づいた。「外線から電話が入って……まあ!」

ルイースはあわてた様子もなく、ゆっくりと顔を上げた。「ありがとう、ピラール。ついでにカルメラのところへ行って、僕の婚約者が家の中を案内してほしがっていると伝えてくれないか」

ピラールは大急ぎできびすを返して立ち去ったが、その前に敵意と好奇心の入りまじった視線をニコラに投げつけることを忘れなかった。彼女の足音が消えてから、ニコラは調子の外れた声でささやいた。

「あなたって人は……大嫌いよ」

ルイースは軽くほほ笑んだ。「大嫌いではあっても、僕に対して無関心ではなさそうだね」

「無関心になってみせるわ、これからは」

彼は肩をすくめ、ほてりの残るニコラの顔や大きく波打っているワンピースの胸を楽しそうに見つめている。「無駄な努力だ。エネルギーは、もっと有益なことに使ったほうがいい。じゃ、ちょっと失礼して……」と言って、ルイースは受話器を取り上げた。

ドアを閉める寸前、ニコラは電話に出た彼の声を聞いた。「やあ、カルロータ。どうしたんだ?」

自分で閉めたドアを見つめながらニコラは廊下に立ちつくした。カルロータというのは、テレジータが言っていたカルロータ・ガルシアのことに違いない。ルイースは結婚を控えた今も、そしてもちろん結婚後も、愛人との関係を従来どおり続けようとしているのだ。喉に奇妙な痛みが走った。

やみくもに廊下を走り抜けたニコラは、玄関ホールでカルメラに声を掛けられた。頭に白いものの目立つ小太りのメイド頭はニコラの顔を見て微笑を消し、心配そうに寄って来た。頭が痛いとニコラは説明し、館の見学を断って二階の部屋に戻った。

ベッドに横たわって、ニコラは午後の日差しを受けて輝く壁掛けの蝶を見上げた。これも、あの女性ゆかりの品だわ――何千キロのかなたから、愛を求めてやって来たドーニャ・マヌエラ。

ここにもう一人、何千キロのかなたからやって来た娘がいる。しかし、そこには何があっただろう。愛でないことだけは確かだ。

頬をぬらす涙をニコラはむしろ歓迎した。いつの日か、涙も出ないほどの深い苦しみがやって来ることを彼女は奇妙な予感として確信し始めていた。

寸法直しを終えた黒いドレスを携えてマリアが夕食前の着替えを手伝いにやって来たころ、ニコラは多少の落ち着きを取り戻していた。ドレスは胸の上で横一文字に走るネックラインを五分袖の肩口で支える形の洗練されたデザインで、これなら人前で引け目を感じずにすむことは確かだった。マリアがほれぼれと見守る前でニコラは化粧を終え、最後に口紅を取り上げたところへ、ノックがあった。

ドアを開けに行ったマリアは、来訪者の顔を見るなり自分からそそくさと部屋を出て行った。代わってルイースが静かに部屋に入り、鏡を見つめたまま身じろぎもしないニコラの後ろに歩み寄った。

「申し訳ないが、夕食には出られなくなった」穏やかな声で彼は言った。「急用ができて、サント・トマスに行って来る」

ニコラは口紅をゆっくりと鏡台に戻した。幸い、手は震えずにすんだ。鏡の中で視線を合わせながら、ルイースが再び言った。「何か、言うことは？」

「何を言ってほしいの？」

ルイースの肩がぴくりと動いた。「例えば……残念だとか、寂しいとか……」

「残念だわ、寂しいわ」ニコラが無表情に言うと、鏡の中のルイースは一瞬頬をこわばらせた。

「それでは、寂しさが少しでも紛れるように、これをプレゼントしよう」彼はポケットから細長いビロードの箱を取り出して鏡台に置いた。「開けてごらん、僕をしのぶよすがになるだろう」箱を呆然《ぼうぜん》と見つめるニコラを、彼は皮肉な口調でせき立てた。

箱の中身は長い金の鎖に輝く大粒の真珠の付いたペンダントだった。気品と愛らしさを兼ね備えた美しい装身具に、ニコラは息をするのも忘れて見入るばかりだった。ルイースは彼女の肩ごしにペンダントを箱から取り出し、金の鎖を雪のように白い首に掛けて留めた。真珠は滑らかな肌の上を滑り下りてドレスに覆われた胸の谷間に収まった。

「君の肌には真珠がよく似合う。よく似合っているところを見せておくれ」甘い声でつぶやきながら彼は白いうなじに唇を押し当て、肩口でかろうじて留まっているドレスを静かに引き下げていった。

「やめて！」ニコラはかすれた声を上げ、ずり落ちようとするドレスの胸を急いで押さえた。

「見せてくれと言っただけなんだがね」軽く眉を寄せてルイースは皮肉な笑みを浮かべながらドレスをもとの位置に戻した。「プレゼントをしても、感謝の言葉は聞かせてもらえないのかな？」

硬い表情のままニコラは口を開いた。「ありがとうございます、セニョール。たいへん結構なお品ですわ。テレジータも、さぞ喜んだことでしょう」

はっと背筋を伸ばしたルイースの顔がたちまち険しくなった。ニコラは急いで目をつぶり、ののしりの言葉が降って来るのを待ち受けた。しかし、どんな言葉も降っては来ず、おそるおそる目を開けてみると、彼女は広い部屋に独りぼっちになっていた。

やがて、どうにか気持を静めたニコラは震える足を踏み締めて客間に行き、遅くなったことを謝った。

「待っただけの甲斐《かい》は十分にあったよ」賞賛の視線を投げながらラモンが歩み寄った。「飲み物は何にする？」

ニコラは明るい笑顔を作った。「お行儀が悪いって笑われるかもしれないけれど、このまま食堂へ行ってはいけないかしら。私、ぺこぺこで……」

鋭いきぬずれの音を立ててドーニャ・イザベラが立ち上がった。「では、参りましょう。それでなくとも、いつもの夕食の時間はとっくに過ぎているんですからね。ピラール、いらっしゃい」

母と娘がニコラには目もくれずに食堂に向かった後、ラモンがとりなすように早口で言った。「ここへ来てもらった最初の夜だというのに、ルイースが不在で本当に申し訳ない」

「ドン・ルイースがご不在がちのかただということは、最初から覚悟していました」ニコラは淡々と言ったつもりだったが、出て来た声は震えを帯びていた。「それに、古くからの友人を大切にする気持は、もっともですものね」

ルイースの愛人の存在を指摘されたショックで卒倒するかと思いの外、ラモンはほっとしたように言った。「じゃあ、君も承知のうえなんだね？」

「いやだとも言えないでしょう」泣きたい気持でニコラはつぶやいた。ラモンも、やはりメキシコの男性だ。男が妻以外の愛人を持つことを当然だと思っているらしい。「お母様をお待たせしては悪いわ。食堂へ行きましょうか」

ニコラは静かに言って歩き始めた。一足ごとに胸の谷間で真珠が揺れ、涙の落ちたような冷たさを肌に与え続けた。

6

ニコラは夢の中をさまよい歩いているような奇妙な心持ちで日々を過ごしていた。挙式の日は容赦なく近づいていたが、そのことについての実感はなく、まるで他人事のような空虚な気分だった。

かなりの時間を費やして彼女は手紙を書いた——イギリスの両親へ、そしてエレインとテレジータそれぞれへあてて。両親への手紙は書き出しから結びに至るまで悪戦苦闘の連続だった。伏せておくべき事実があまりにも多かったからだ。例えば、大きな愛情で娘を育ててくれた二人に対して〝彼に触られただけで私の体は燃え上がってしまいますが、彼は数キロ離れたサント・トマスの町に愛人を囲っていて、週に三、四度は通っています。結婚後も愛人との関係は続くでしょう〟とは、よもや書けるはずがない。そこで自分は今、非常に幸せであり、結婚式に来てもらえるのならルイースがすぐに航空券を送る手はずになっていると書いた。

それに比べると、残りの二通は簡単に書けた。事実のみを淡々と書き連ね、末尾に〝私のことは心配しなくても大丈夫よ〟と書き添えただけだ。

ルイースの予言に反してドーニャ・イザベラはいっこうに軟化する気配を見せなかったが、ドン・ルイースの婚約を知って集まって来る祝賀の客に対しては、にこやかなホステスぶりを発揮していた。館《やかた》へは引きも切らず客がやって来た。近郷近在の人々はむろん、はるか遠方から自家用飛行機やヘリコプターで飛んで来て館の裏手の滑走路に乗りつける人々もいた。ルイース自身も操縦免許を持っていて、しばしば自家用機を乗り回しているという。

祝賀の客を迎えて、館では毎日のようにパーティーが開かれた。ルイースがそばに付き添っていてくれるときでさえ、ニコラは人々の面前へ出るのを苦痛に感じたが、ルイース不在のパーティーは苦痛を通り越して責め苦も同然だった。そして現実に彼はしばしば館を留守にした。巨大な富の持ち主は同時に巨大な責任を双肩に負わされるらしく、一日に数度も会議や会合に出かけて行く日もあった。

ルイースの補佐役として、ラモンも頻繁に外出した。たまたま二人が同時に出かけてしまうと、それを待ち構えていたようにドーニャ・イザベラとピラールがニコラに対して陰険な攻撃を開始する。母と娘はニコラの目の前で、彼女が聞いたこともない人々や出来事の話を長々と語り合い、二人の属する世界にとって名もないイギリス娘がいかに無縁の存在であるかを教えてくれた。

それならば、いっそドーニャ・イザベラに逃亡の手助けを頼んでみようかと、ニコラは何度か本気で考えた。アメリカ南部との国境までは、さほどの距離でもないはずだ。しかし、たとえドーニャ・イザベラが甥《おい》の怒りを覚悟で協力してくれたとしても、館を一歩出れば協力者は一人もいない。そのうえ、パスポートはルイースに持ち去られたままだ。

そうこうしている間にも、呼ばれてやって来た洋裁師のメンデス夫人は自分の娘と二人で館に泊まり込み、花嫁のドレスを次から次へと縫い上げていた。ウエディングドレスだけだと思っていたニコラは、完成しつつある衣装の量に圧倒されてしまった。緊急を要する仕事を控えているので新婚旅行はしばらく見合わせるとルイースから通告されたとき、彼女はたまりかねて抗議した。「だったら、あんなにたくさんの衣装は必要ないわ」

ルイースは皮肉な薄笑いとともに眉を片方だけ上げて見せた。「しかし、持つべき衣装を持っていないと、また叔母にいやみを言われるよ」

ニコラは急いでルイースに背中を向けた。頬が熱くなった原因の半分は怒りのせい、残りの半分は彼にまじまじと見つめられたために起こった内心の動揺のせいだ。この動揺は起こる回数が日を追って増え続け、彼女の大きな悩みの一つになっていた。

頬のほてりが治まると、ニコラはハネムーンが延期になったことを残念がっている自分に気づいた。今までは旅行の最初の夜への不安ばかりに気を取られていたが、旅行に出かけなくとも最初の夜はやって来る。それに気づいたとき、彼女は思わず息をのんだ。娘から一人の女へと変わっていく姿を館の人々の前にさらさなければならないのだ。

その後の日々は不安と困惑のうちに過ぎ去った。何か見えない流れにのみ込まれ、体の自由を奪われてもがいているような息苦しさが絶えず付きまとっていた。そんな混乱の中でニコラは朝から晩までルイースのことばかり考えていた。彼が目の前にいるときはむろん、遠くへ外出しているときでさえ、体じゅうの神経が彼の存在を意識し続けていた。そしてルイースが館に戻って来ると、ニコラは彼の声や独特の力強い足音を聞くはるか以前から、不思議な予知能力で彼の帰宅を察知してしまう。

ニコラは自分の変化に驚き、そしてこんなにも自分を変えつつあるルイースの影響力におびえた。いっそ彼が正面から言い寄ってくれたら、かえって気が楽になるような気もしたが、彼はそんなそぶりをいっさい見せないばかりか、あの真珠のペンダントを首にかけてくれたとき以来、二人きりになるチャンスも作ろうとはしなくなっていた。

あのペンダントはあれきり一度も身に着けなかったが、ニコラは装身具には少しも不自由しなかった。先祖伝来の宝石類をルイースからつぎつぎに贈られたからだ。古い品だけにデザインこそ旧式だが、どれも気品ある高価なものだ。

しかし最もすばらしい贈り物は先祖伝来の品ではなかった。ある日の夕方、一同が夕食を前にして客間に集まっていたときにルイースはそれを無造作に取り出してニコラに渡した。小さな包みの中から現れたのは銀の胴に真珠貝の羽を付けた蝶《ちょう》の髪飾りだった。彼女は一瞬、すべての悩みを忘れて感嘆の声を上げ、緑色の目を星のように輝かしながらルイースに顔を向けた。その場にもしも二人きりだったとしたら、彼の首に抱きついて熱烈なキスで感謝の心を表していたに違いない。しかし、人々の面前でそうする勇気はなく、彼女はルイースの頬に触れるか触れない程度の軽い口づけを投げたきりだった。

ルイースは肩をすくめ「大したことではないよ。君がドーニャ・マヌエラにひどく興味を持っている様子だったから……」と言いながら背中を向けた。

その冷たい口調も、そして横から聞こえたピラールの「つまらない安物に大喜びするなんて」という小声も、ニコラの感激に水をさしはしなかった。

ニコラのあらゆる努力にもかかわらず、ピラールはいっこうに心を開こうとしなかった。彼女の敵意の原因が、愛する男を横取りされた恨みからだとはどうしても思えない。ピラールとルイースは明らかにお互いを避け合っているし、たまに顔を合わせれば、たちまち毒を含んだ皮肉の応酬を始める。こんな二人の縁組みを思いついたドーニャ・イザベラの心境がニコラには理解できなかった。

ニコラが現実みに乏しい毎日を過ごしている間にも、法律上の諸手続きは着々と進んでいた。彼女は何枚もの書類を見せられ、サインを求められた。やがて彼女も、これは悪夢でも誰かの悪質な冗談でもなく実際に自分の身に降りかかっていることであり、もう後戻りはできないのだと悟るようになった。そして何よりも困ったことに、彼女は自分が後戻りすることを本当に望んでいるのかどうかさえ、わからなくなりつつあった。

祭壇の後方から聖母マリアの彫像が会衆を見下ろしていた。由緒正しい作法にのっとって結婚の儀式がとどこおりなく進行している間、ニコラの視線は何度もその彫像に引き付けられた。カトリックの儀式はゴンサゴ神父から事前に説明を受けたとおり、故郷のバートン・アバス村の教会で行われるイギリス国教会の結婚式とさほどの差異は感じられない。

大きく異なっているのは礼拝堂の造りだ。至るところに金めっきを施した彫刻が刻み込まれ、むせ返るような香《こう》のかおりが立ち込めている。とりわけ奇異に感じられるのが、あの聖母像だ。高価な宝石を縫い込んだ錦織の衣をまとい、頭には重そうな黄金の冠を頂いている。キリスト教のシンボルというよりは、キリスト教伝来の以前にこの地で崇《あが》められていた異教の神々をしのばせる遺物と説明されたほうが、むしろ納得できそうだ。

この聖母像は何人のモンタルバ家の花嫁を見守ってきたのだろうと思いながら、ニコラはゴンサゴ神父の唱える誓いの言葉を機械的に復唱した。何もかもが別世界のできごとのような空虚な感じだった――はるか後方まで裾を引いている豪華なウエディングドレスも、精巧なレースのヴェールも。このヴェールを渡されたときルイースからは何の説明もなかったが、これが彼の母親も身に着けたヴェールであることをニコラは本能的に感じ取っていた。

娘のこんな姿を見たら母はどんな感慨を抱くだろうかという思いがニコラの頭を通り過ぎた。母からの返事は予想どおり、ぜひ式に出席したいが農繁期でどうしても手が離せないという内容だった。〝若奥様ぶりが板についたころ、ぜひ一度お邪魔したく思います〟と書かれた一節を読んで、彼女は泣き笑いに顔をゆがめてしまった。意外だったのは、両親がルイースからも親切な手紙をもらって大いに感謝していると書いてあったことだ。ニコラは我にもなく胸が熱くなるのを感じた。

出席できなかった父の代理として、花嫁の介添え役はルイースの名付け親が務めてくれている。数日前、この人物を初めてルイースから紹介されたときニコラは必死で笑いをかみ殺した。でっぷりと太り、灰色の顎《あご》ひげを蓄えた気むずかしげな老紳士の姿は、ルイースと会う以前の彼の想像図とあまりにも生き写しだった。しかし、その名付け親は見かけによらず温かい心の持ち主だった。先刻、並んで通路を歩いて来るときも優しく手を取り、天使のようにきれいだよと言って励ましてくれた。

天使のようだとまでは思わなかったが、ニコラ自身、着付けを終えて鏡の前に立ったときはまんざらでもなかった。メンデス夫人も自分の仕事ぶりに大いに満足し、きっとお幸せになれますよと保証した。

「それから、これは私がドレスをお作りした花嫁さんに必ず差し上げているものでございますの」と言って、洋裁師は薄紙でくるんだ平たい包みをニコラに渡した。「今夜はぜひ、これをお召しください」

リボンを解き始めたときからニコラは贈り物の中身を悟っていた。薄紙の中から出て来たのは案の定、花嫁用の真っ白なネグリジェだった。

「まあ、なんて美しい……」そばにいたマリアが歓声を上げて飛んで来た。「お貸しくださいまし。ほら、よくご覧になれますでしょう？」メイドはネグリジェを腕に掛け、意気揚々と広げて見せた。レースを縫い付けた薄い白絹を通してマリアの手や腕、そしてその向こうの笑顔までが透けて見えた。

そのときの恐怖を思い出してニコラの喉がひきつったとき、ルイースの指輪が彼女の左手の薬指にしっかりとはまり、二人は正式に結婚した。いや、正確には二度目の結婚かもしれない――朝早く、二人はサント・トマスの役場で法律上の婚姻手続きをすませて来たのだから。

その前夜、書斎で仕事をしていたルイースは、おそるおそる進み出たニコラを見ていぶかしげに眉を上げた。「わざわざ来てくれたのはうれしいが、明日の準備で忙しいんじゃないのかい？」

「いえ、みんなが手伝ってくれて、もう準備はすっかり終わっています。ただ、問題は……」

「ただ、何だね？」ルイースは穏やかに促した。

「私の心の準備ができていないの」ニコラは苦悩に眉を寄せた。「ルイース、今ならまだ間に合うわ。私を自由の身にして逃がしてちょうだい」

ルイースは立ち上がり、彼女の前に歩み寄って顔をのぞき込んだ。「そんなたわごとを、なぜ？」

「たわごとじゃないわ、私、本気よ。初めのうちは多少の陰口も飛ぶでしょうけれど、すぐに……」

「陰口は飛ばないよ」かぶりを振りながらルイースは断言した。「なぜなら、君はどこへも行かないからだ。だいいち、これがなくては、どこにも行けないだろう?」ルイースがかすかな微笑とともにデスクの上からつまみ上げたのはニコラのパスポートだった。「だから、妙な考えは捨てることだ」

「そうまでして、いったい何が望みなの?」必死の思いでニコラは問い詰めた。

「妻、そして息子だよ、ニコラ。君は自分から僕の人生に割り込んで来た。今さら出て行くなんて勝手なことはさせないよ、永久に」

「もう一度だけお願いします。どうか私を自由の身にしてください」彼女の単調なつぶやきが終わると同時に、ルイースは首をゆっくりと左右に振った。

「だめだよ。絶対に、だめだ」

ニコラは無言できびすを返して書斎を出た。一夜明けてサント・トマスの役場へ向かう車の中でも彼女は一言も口をきかなかった。ルイースも無言を続け、役場に着いてもろくに彼女の方を見ようとしなかった。しかし先刻、介添え役の腕にすがって礼拝堂に足を踏み入れた瞬間から通路を通って祭壇の前へ進み出るまで、ニコラは彼の食い入るような視線を肌で感じていた。

ゴンサゴ神父の祝福の言葉で結婚の儀式は終了し、新郎新婦は会衆の笑顔に見送られながら出口に向かった。参会者のほとんどは事前に館を訪れてニコラも見知った顔だったが、中にたった一人、彼女が間違いなく初対面だと断言できる女性がまじっていた。真っ黒な髪を頭の後ろで固いまげに結い、服装のセンスも群を抜いている。そして何よりも、一度会えば絶対に忘れられないほどの美人だった。

戸外に出た二人は、待ち構えていた農民や牧童や館の使用人たちに取り囲まれ、温かい微笑と祝福の言葉を四方から投げられた。彼らの期待にこたえるため、ニコラは悲痛な思いで笑顔をこしらえた。

結婚式は午睡《シエスタ》の時間の後に始まったので、今はもう夕方の気配が漂っている。これから引き続きパーティーが始まるとニコラは聞いていた。以前ラモンが言っていたように、中庭にはランタンが吊《つ》るされ、音楽やダンスに続いて、たぶん花火も打ち上げられるだろう。新しい夫婦の誕生を祝う盛大な騒ぎの中で、当の花嫁は死人のように冷えきった心を持て余していなくてはならないのだろうか。

ニコラは思わず身震いした。しかし、もっと恐ろしいのはパーティーが終わった後のことだ。楽団のメンバーを買収できないものかと彼女は思った。パーティーが終わらないように、いつまでも演奏を続けさせるのだ。明日の朝までずっと。そして、次の日も、また次の日も……。

全員が館に帰り着いたのを見届けると、カルロスはさっそく輸入もののシャンペンを抜いた。いつも謹厳な彼までが、いかにもうれしそうに相好を崩している。ニコラは渡されたグラスを受け取り、作り物の笑みを浮かべたままシャンペンを口に含んだ。

次は家族の祝福を受ける番だ。ドーニャ・イザベラとピラールは花嫁を軽く抱き寄せただけで去って行った。ラモンは彼女の手の甲に唇を当て「ルイースは世界一の果報者だよ」とささやいた。

続いて参会者全員が交互にやって来て新婚夫婦の幸せを祈った。懸命の努力で笑顔を保っているうちに、ニコラは顔がこわばってひび割れができたのではないかと心配になった。ここに及んでも、まだ実感はわかず、まるで美しい衣装を着せられた操り人形になったような心持ちだ。しかし、あと何時間かすれば人形が一人の女に変わるときが来る。

突然、ニコラは忍耐の限界を悟ってルイースの袖を引いた。「ヴェールが頭に食い込んで頭痛がするの。部屋へ行って外して来てもいいかしら？」

血の気のない彼女の顔をルイースはまじまじと見つめた。「いいとも。一人で行けるかい？」

「もちろんよ」ニコラは急いで答えた。

二階の寝室は、さっき出て行ったときと少しだけ様子が変わっていた。ベッドにはレースの縁飾りを付けた新しいシーツが敷かれ、枕《まくら》も二つになっている。そしてベッドカバーの上にはメンデス夫人から贈られたネグリジェが広げて置いてあった。

薄いヴェールを破らないように苦心してピンを外し終えたとき、遠慮がちなノックの音が聞こえた。返事をすると、満面に笑みをたたえたカルメラが入って来た。「お手紙でございます、セニョーラ」

カルメラが置いていったのは母からの手紙だった。急いで走り書きしたらしい短い手紙だったが、娘と娘婿の幸せを祈る気持が文面にあふれていた。

末尾に追伸があった。〝先日スイスから届いた手紙を同封します。差し出し人が書いてないけれど、たぶんテスからでしょう。テスは元気なのかしら？〟

元気かどうか、ニコラは知らなかった。ユーアンへの思いを断ち切るために、スイス時代の友人とはいっさい音信を絶ってしまったからだ。彼女はチューリヒの消印のある封筒をちらりと見ただけで鏡台の引き出しにしまった。窓の外は暗くなり、中庭では楽団の演奏が始まっている。花嫁がいなくてはダンスを始められないので、みんなは——特にルイースは、いらいらしながら待っていることだろう。もう行かなければいけない。

下りて来たニコラを見つけてルイースは恭しく手を差し出し、彼女の腰に手を回した。その瞬間に体が粉々に割れて砕け落ちてしまわなかったのは奇跡だとニコラは思った。参会者たちは新郎新婦を囲んで大きな円陣を作り、ワルツに合わせて踊る二人をめがけて歓声と無数の花びらを浴びせた。その曲が終わったとたん、二番目に花嫁と踊るための競争で一番乗りを遂げた男が、ひったくるようにニコラを抱き寄せた。その男の肩ごしに、彼女はルイースの顔を盗み見た。黒い目はかすかな笑みをたたえてこちらを見つめていた。誰とどれだけ踊ろうとも、花嫁が最後に戻って来るのは自分の腕の中だという自信が彼をほほ笑ませているのだろうか。あの目は夢に出て来た鷹《たか》の目だとニコラは思った。眼下の獲物をねらいながら、一見のどかに天空を舞う鷹……。

踊りたくもないのに何人もと踊り、ほとんど耳に入らなかった質問に飽きるほど答えたとき、ピラールが珍しく愛想笑いを浮かべて話しかけて来た。

「ぜひあなたと話したいっておっしゃるの。こちら、セニョーラ・ドーニャ・カルロータ・ガルシアよ」

礼拝堂の信者席にいた、あの美しい女性だった。近くで見ると、なおさら美しさに圧倒される思いだ。

「お目にかかれてうれしいですわ、ドーニャ・ニコラ」低い魅力的な声だ。「もっと早くお祝いに上がろうと思いながら、亡き夫の後を継いで政治にかかわっておりますと、何かと忙しくて……でも、旧友のルイースの結婚式にだけは、何はさておき駆け付けて参りましたのよ」

一波乱を期待しているらしいピラールの薄笑いを見てニコラは自重し、言葉を選びながらゆっくりと言った。「光栄でございます。かねて、お噂《うわさ》はいろいろとうかがっております」

セニョーラ・ガルシアは楽しそうに笑った。「ルイースの言うことなんか、お信じにならないでね。彼はお世辞がうますぎるんですもの」

「いいえ、ルイースに聞いたのではございません」

ガルシア夫人は少し当惑したような顔になった。

「そうですか……でも、今後はぜひ、お友だち付き合いをさせてくださいましね、ドーニャ・ニコラ」

彼女は明るい微笑を残してピラールとともに去って

行った。

美しい後ろ姿を見送りながら、ニコラは胸の中で煮えたぎっている怒りの激しさに驚いた。嫉妬《しっと》のためではないと彼女は急いで自分に言い聞かせた。ぬけぬけと愛人を結婚式に招待したルイースの無神経さにあきれ返っているだけだ。もちろん彼としては愛人の存在など知られていないと高をくくっていたのだろうが……。

「やけに仏頂面をしているんだね。どこかのそそっかしい男に足でも踏まれたのかい？」突然、ラモンに声をかけられてニコラは振り向いた。その向こうから、ルイースが人波をかき分けて近づいて来る。

彼女はあわてて笑顔を作った。

「なんでもないの。私と踊ってくださる、ラモン？」

「しかし、ルイースが……」

「あら、私と踊るのがおいやなの？」ニコラはわざと口をとがらせた。「あなたまで私の敵に回ってしまうおつもりなの、お母様やピラールのように？」

ラモンは気の毒なほどうろたえた。「敵だなんて、僕は……母も……わかった。踊ろう」

ルイースが見つめているのを承知でニコラはパートナーの首に手を回し、輝くような甘い微笑を投げかけた。たちまちラモンは心臓発作を起こしたような顔になった。「勘弁してくれよ、ニコラ。君は何かのゲームのつもりでも、ルイースを怒らせたらゲームじゃすまなくなるんだよ。さあ、いいかげんにルイースのところへ行こう」

ニコラは不機嫌に顔をしかめて見せた。「ルイース、ルイースって、そんなに彼が怖いの？」

「僕は君のために言ってるんだ。結婚早々、夫からひどい目に遭わされたいのかい？」

「彼にそんな勇気があるものですか！」

ラモンは持て余しぎみに肩をすくめた。「君は何もわかっていないんだ。とにかく、そろそろダンスが終わって花火が始まる。つまり、この地方の風習では、花嫁の……ご退場の時間だよ」

「いやよ。私も花火を見たいわ」ニコラは冷たく言った。「今どき昔の風習が通用するとお思い？」

ラモンの眉が一文字に結ばれた。「その件はルイースと議論してくれ」と言って、彼はニコラを引き立てて歩きだした。グラスを片手にテラスの柱にもたれていたルイースが、近づいて来る二人を見て体を起こし、穏やかな笑みを浮かべた。

その柱の前まで行くと、ラモンは言った。「花嫁さんは我々の風習がお気に召さないとおっしゃる。あとは任せたよ」彼はニコラの手を脇から外してルイースの腕に渡し、急ぎ足で去った。

ルイースは花嫁の手を持ち上げて唇を当てた。周囲の人々には、愛情のこもったいんぎんなしぐさと映ったことだろう。黒い目に渦まく冷たい怒りを見たのはニコラ一人だった。「どういう風習が気に入らないんだ？」冷やかすようにルイースは言った。

ニコラの心臓は早鐘のように打ち始めた。「なぜ花嫁は花火を見せてもらえないの？」

「見たければ、残って見ていてもかまわないよ」彼はそっけなく肩をすくめた。「もともと花嫁の気恥ずかしさを救うために生まれた風習だが、そんな気配りも君には無用だろう。花婿を差し置いて別の男の首にすがり付いていた姿を見れば、君にひとかけらでも羞恥心《しゅうちしん》があるとは誰も思うまい」

ルイースはやにわに背中を向けて人込みの中へと去って行った。置き去りにされた花嫁に周囲から好奇の視線が集まり、ニコラは身の置きどころのない気持にさせられた。もっと悪いことにはドーニャ・イザベラが柳眉《りゅうび》を逆立てて近づいて来る。ニコラは手早くドレスの裾をたくし上げ、テラスから家の中へと走り込んだ。

寝室ではマリアが笑顔で出迎え、ウエディングドレスを脱がせてくれた。メイドは今夜こそ入浴を手伝って花嫁の肌を磨き上げようと意気込んでいたが、もう下がるようにと女主人から言い渡され、すごすごと部屋を出て行った。

下着姿のまま、ニコラはくずれるように鏡台の椅子に座り込んだ。大きな音とともに窓の外が明るくなり、拍手と歓声が上がった。中庭で花火が始まったらしい。不意にこみ上げた後悔の涙を彼女は急いでふき取った。何も悪いことはしていないのに、後悔する必要はない。悪いのはルイースだ。

しかし、どちらが悪いにせよ、花火が終わって招待客が自分の家へ、あるいは館の客用寝室へと引き揚げてしまえば、ルイースはここへやって来る。ニコラは椅子からとび上がり、浴室に駆け込んだ。

入浴を終えて部屋に戻ったニコラは、例のネグリジェをいやいやつまみ上げて肌に着けた。何も着ていないような心細い気持だった。鏡台で髪にブラシを当てた後、彼女は奇妙な衝動に駆られて髪飾りの箱を取り出し、輝く銀の蝶を頭につけた。

引き出しを閉めようとしたとき、外国郵便の封筒が目に留まった。じっとしてルイースを待つよりは、テスの気楽な手紙でも読んでいたほうがましだと思い、彼女は封筒の端をていねいに破って中の便せんを広げた。しかし、〝最愛のニコラへ〟という書き出しで始まるタイプ文字の行列が目に飛び込んだ瞬間、ニコラは差し出し人がテスではないことを悟った。不意に胸がむかつき、全身が冷たくなった。それは、ユーアンからの手紙だった。

〈最愛のニコラへ

あんな別れ方をしておいて、今ごろおめおめと君に手紙を出す資格などないことは承知しているが、出さずにはいられない僕の気持をわかってもらいたいと思う。

まず、僕が半年前から独身に戻っていることを知らせなくてはいけない。グレタはアイスバーンの道で運転中、ハンドル操作を誤って死亡した。夫婦で話し合い、別居を決めた直後の事故だ。こう書けばわかるとおり、あの結婚は完全な失敗だった。君の愛を踏みにじった天罰だよ。

どうか、僕に過ちの償いをさせてくれ。僕を許して、僕のところへ帰って来てほしいんだ。今度こそ、必ず君を幸せにする。だから、お願いだ、ニコラ、まだ僕を愛していると言ってくれ。もう君なしでは生きていけない。返事を待っている。

〈心からの愛をこめて――ユーアン〉

何が書いてあるのか、理解できなかった。彼女はもう一度最初から読み直し、そして読み終わった便せんを丸めて引き出しの奥に投げ込んだ。

肩で息をしながら、ニコラは鏡に映った自分の顔を呆然《ぼうぜん》と見つめた。運命も残酷ないたずらをするものだ、よりによって結婚式の夜に……。

彼女は運命を呪《のろ》おうとした。しかし、不思議なことに悲しみは少しもわかず、それればかりか、頭に焼きついているはずのユーアンの顔さえ、霞《かすみ》がかかったようにぼやけて、なかなか思い出せない。

ニコラはやっきになって彼の顔を思い描こうとした。髪は少しカールした茶色だ。明るい笑みをたたえた目はブルー。顎の中央が少しくびれて……しかし、混乱の闇《やみ》の中から浮かび上がって来たのは全く別の顔だった。闇そのもののように黒い髪。彫りの深い荒削りの顔。そして漆黒の目は笑いではなく冷たい侮蔑《ぶべつ》を込めてこちらを見つめている。

ニコラははじかれたように立ち上がり、熱くほてった頬に両手を当てて部屋の中を歩き回った。いったいどうしたことだろう。愛する人は終生ユーアンただ一人だったはずだ。そのユーアンの顔が、なぜ思い出せないのだろう。

答えは一つしかなかった。ルイースのせいだ。ルイースに会った瞬間から、頭の中が彼のことでいっぱいになってしまったのだ。あの修道院の玄関で手に口づけを受けたとき、それまでにユーアンと交わしたキスの記憶は消え去ってしまった。

突然、ニコラは先刻の向こう見ずな振る舞いの真の原因を思い知った。もちろんラモンを誘惑したいと思ったからではなく、古い風習を打ち破ろうという意気込みに燃えたからでもない。カルロータ・ガルシアに対する焼け付くような嫉妬でいても立ってもいられなかったからだ。ルイースにも嫉妬させてやりたい、彼を傷つけてやりたいと思ったからだ。

その結果はどうだろう。攻撃を仕掛けた本人が深い痛手を負ったのに、ルイースは少しも傷つかなかった。それもそのはずだ。彼は欲望を満たしてくれる女性、そして自分の息子を産んでくれる女性を求めているにすぎないのだから。

間もなくルイースはここへ来て、誰にはばかることもなく妻を抱くだろう。そして、彼の愛撫《あいぶ》にこたえて燃え上がる妻を見て悟るだろう——夫たる自分を、妻は愚かにも本気で愛している、と。

ニコラは立ち止まり、胸を抱えてうずくまった。

ルイースを、愛している——今まで必死になって否定してきたのに、とうとう認めてしまった。敗北を認めた悔しさよりは、むしろ肩の荷を下ろしたような気持だった。もう自分をごまかさなくてもいい。無理な理屈をこじつける必要もなくなったのだ。

ただし、ルイースだけには絶対にこの愛を悟られてはいけない。彼は誇りを傷つけられた代償として相手の体を求めているにすぎない。刑務所の代わりに、彼は美しく豪華な独房に犯人を閉じ込めた。それが、この部屋だ。

ニコラは顔を上げて耳を澄ました。花火は終わったらしく、窓の下はざわめきも消えて静まり返っている。いまにもルイースがドアを開けて入って来るかもしれない。彼女は立ち上がり、また部屋の中を歩き始めた。何をすればいいのだろう。逃げる場所はない。身を隠す場所もない。そして、もう自分の気持から逃げることもできなくなってしまった。

混乱しきった頭の中に、美しいバリトンの歌声が忍び込んで来た。静かなギターの伴奏も聞こえる。ニコラは窓に歩み寄り、ブラインドのすき間から中庭を見下ろした。数人の男が窓を見上げながら甘いマリアッチのメロディーを奏でていた。彼女は弱いかすかな微笑を浮かべながら彼らの音楽に聞き入った。さすがのルイースも、今夜ばかりは彼らを追い返すことができなかったらしい。たぶん、これも〝この地方の風習〟の一つなのだろう。

いつの間にかルイースが部屋に入って来たことをニコラは気配で感じ取っていた。しかし、庭の音楽にかこつけて彼女は身動きもせず、マリアッチの一行がロマンチックな演奏を続けながらアーチ門の外に去ってから、ようやく窓に背を向けて振り向いた。

三歩ほどの距離に、黒っぽい絹地のガウンをまとったルイースが立っていた。ガウンの胸は大きく開き、裾からはたくましい二本の素足が突き出ている。ガウン以外に何も身に着けていないことは明らかだ。

ルイースがはっとしたように体をこわばらせたのを見て、ニコラは自分も透き通るような薄いネグリジェしか着ていなかったことを思い出した。

かすれぎみな声でルイースが言った。「象牙《ぞうげ》の肌に黄金の髪……きれいだよ、ダーリン」

心をあらわにした彼の視線にこたえるように、ニコラの全身に熱い炎が燃え上がった。ほんの少し足を踏み出すだけで、あのたくましい胸に顔をうずめることができる。愛する人の胸に……しかし、そうしてしまえば何もかもおしまいだ。彼女は真の恐怖に青ざめて窓のブラインドに背中を押しつけた。

ルイースの目から欲望の火が消えた。ほんの一瞬、まるで人生に疲れ果てた老人のような暗い影が顔にさした。と、彼は不意にきびすを返してベッドに歩み寄った。彼がガウンのひもをほどくのを見て、ニコラは急いで顔を背けた。

おそるおそる視線を戻してみると、ルイースはすっぽりとベッドの中に潜り込み、腕枕をして天井を見上げている。そのままの姿勢で、彼はつぶやいた。

「一晩じゅうそこに立っているつもりかい？」

「いえ、あの……わからないわ」

気まずい沈黙の後、ルイースは再び無表情な声で言った。「困ったな。踏ん切りがつくように協力しようか？　例えば腕ずくで君を……」

「だ、だめよ！」

ルイースは寝返りを打って冷ややかにニコラを見つめた。「しかし、内心では僕に無理やり犯されると思っていたんだろう？　さっきの君の表情を見れば、そうとしか思えない」

「ご、ごめんなさい。でも……」ニコラは絶句した。

「でも？　まさか、僕と同じベッドには入れないと言うんじゃないだろうな。以前にも僕たちは……」

「あのときと今とは、まるで違うわ」

「何が？」退屈したような声でルイースはたずねた。

さんざん悩んだ末に思い付いたのは「あのときは、まだ夫婦になっていなかったんですもの」という答えだったが、その言葉は、しゃべっている当人の耳にさえ愚かしく響いた。

即座に、冷たい声がはね返ってきた。「今だってまだ夫婦とは言えないよ。儀式や手続きだけでは、本当に結婚したことにならない。そうだろう？」

ニコラは惨めな気持でうなずいた。「ええ。あなたは……子どもが欲しいんでしょう？」

ルイースは片肘で頬杖《ほおづえ》をついて頭を起こした。暗い苦笑いが彼の唇をゆがめていた。「欲しくないとは言わないが、僕の欲しいものはほかにもある」

「ええ、わかっているわ」か細い声で彼女は答えた。「よろしい《ムイ・ビエン》」ルイースは自分の横の上掛けをはねのけた。「じゃ、ここに入って来たまえ」

震える足を踏み締めてニコラはベッドに歩み寄り、決死の覚悟でシーツの上に体を横たえた。金属的な小さな音とともに、ベッドサイドの明かりが消えて寝室は闇に包まれた。ニコラは息を殺して待った。何が始まるのだろう。キスか、それとも彼の手がネグリジェを……。

だが何も始まらず、代わりに穏やかな声が聞こえた。「ゆっくりお眠り。君にとって幸いなことに、このベッドは広くて大きい。行儀よく寝れば体が触れ合うこともないだろう。おやすみ《ブエノス・ノーチエス》、ダーリン」

ニコラは闇の中で目を見開き、激流のように荒れ狂う思いと闘った。やがて、静寂に押しつぶされそうになった彼女の口から、小さなささやきがもれた。「ねえ、ルイース。起きてる?」

「起きてるよ。何か用?」ひどく眠たそうな声だ。

ニコラはありったけの勇気をかき集めた。「あの……もし、どうしても、私を……お望みなら……」

「非常にありがたい仰せだが、今はそういう気分になれない。何しろ、身に覚えもないのに、まるで異常性欲者を見るような目で見られた直後だからな。だから、今夜のところは安心して眠りたまえ」

苦々しげな彼の声はニコラの胸に鋭い痛みを与えた。ルイースが怒るのももっともだ。しかし、その怒りを解くには、真実を打ち明けなくてはならない――あのときは彼を怖がっていたのではない、彼の愛撫に酔いしれて内心の秘密までさらけだしてしまいそうな自分自身が怖かったのだ、と。でも……打ち明けられるはずがない。

理屈ではわかっていても、ニコラの体の中に燃え続ける炎は納得してくれなかった。ルイースの中でも、たぶん同じ火が燃えているのではないだろうか。ほんの少し手を伸ばして彼の腕に触ったら……彼も、それを待っているのかもしれない。

しかし、待っていないかもしれない。今と同じように、早く寝たまえと言われるだけかもしれない。一度ならず二度までも拒絶されてしまったら……。

頭の中で激しく議論し合う二つの声を聞きながら、ニコラは苦しい眠りに落ちていった。

7

ニコラが目覚めたとき太陽はすでに天高く昇り、ベッドの枕《まくら》もとには少し気恥ずかしそうな笑みをたたえたマリアが朝食の盆をささげて立っていた。

「おはようございます、セニョーラ。外はすばらしいお天気でございますわ」起き上がったニコラの背中にかいがいしく枕を当てながら若いメイドは言った。

「おはよう、マリア。でも、もうお昼を過ぎてしまったんじゃなくって?」

「よろしいじゃございませんか」マリアは明るく笑い、朝食の盆を女主人の膝に置いた。「それから、これはセニョール・ドン・ルイースからの……」メイドが意気揚々と取り出したのは、小さなガラスの花瓶に活《い》けた深紅の薔薇《ばら》一輪だった。

　お盆の中央に置かれた大輪の薔薇を見つめて、ニコラはまばたきした。「これは……？」

「ご存じないんでございますか？　この地方の風習でございますよ」またもや地方の風習が出て来たとニコラは思った。「結婚式の翌朝、殿方はご満足の度合いを花に託してお伝えになるのでございます。中でも、深紅の薔薇は……」マリアは恥ずかしそうに笑った。「セニョール・ドン・ルイースは今朝、最高にご満足なお目覚めだったようでございます」

　セニョール・ドン・ルイースは最高に趣味の悪い男だとニコラは思った。「朝食は要らないわ、マリア。すぐに起きて着替えをします」

　何か言い返そうとしたマリアはニコラの表情を見て口をつぐみ、朝の入浴の準備を始めた。しかし、明らかに不満そうな彼女の顔色から察するに、幸せな初夜を終えた花嫁が夫の来訪も待たずに起きてしまうのは、これまた風習に反する行為らしかった。

　身支度を終えて部屋を出ようとしたニコラは、あわてふためいたマリアの声に呼び止められた。「奥様、お忘れ物でございます！」メイドは、さっきの薔薇を差し出している。ニコラは首をかしげた。

「これを……どうしてほしいって言うの？」

「お持ちくださいませ」マリアはじれったそうに言った。「髪にお差しになっても結構ですし、ドレスの胸におつけになるのも……」

「手に持って行くわ」新妻に贈られる花の意味をニコラは遅まきながら悟った。この花は夫の満足度を世間に公表する役割も持っているらしい。となると、ルイースが赤い薔薇を選んだことは低俗ないやがらせというより、あっぱれな騎士道精神と呼ぶべきかもしれない。初夜があんな形で終わった以上、彼はいっさいの花を贈ることを拒否して妻に大恥をかかせることもできたのだ。しかし、この花さえあれば、みんなは昨夜、愛に包まれた幸せな夫婦が誕生したと信じて疑わないことだろう。現実に、そうなっていたかもしれないのに……見つめる薔薇が、後悔の涙で潤んだ。

階段を下りたところで、ニコラは客間からホールに出て来たピラールに出会った。

「おはようございます、セニョーラ」意地悪な微笑とともに彼女は言った。「お気の毒だわ、こんなにも早くだんな様の情熱が冷めてしまうなんて」

「どういう意味かしら？」

「ルイースが朝早く部屋を出て行ったことは、みんなが知っているわ。イギリス流の冷たさにこりごりして逃げ出したんだろうって、みんなが噂《うわさ》を……」

まさに真実をついている。しかしニコラはひるむ心をしかりつけ、スカートのひだに隠し持っていた薔薇をさりげなく取り出して唇に近づけた。

ピラールは息をのみ、次に不意討ちを食らった小猫のように一目散に逃げて行った。

続いてカルロスがホールに現れた。彼はグラスを並べたお盆を抱えたまま笑顔で深々と頭を下げ、そのまま食堂へ入って行こうとする。

「待って、カルロス」ニコラは意を決して呼び止めた。「あなた……見かけなかった……私の夫を？」

「ただ今は厩舎《きゆうしや》かと存じます。セニョーラがご用とあらば、行ってお呼びして参りますが……」

「いいのよ。私が行くわ。あなたはお仕事を続けてちょうだい」

「ありがとうございます、ドーニャ・ニコラ」

厩舎の前でホアン・エルナンデスと立ち話をしていたルイースは、ニコラを見てゆっくりと近寄って来た。「ちょうど呼びに行かせようと思っていたところだよ。見せたいものがあるんだ」彼は穏やかな笑顔で言ったが、彼の目に笑いはなかった。

厩舎に入ったホアンが、一頭のくり毛の雌馬を引いて出て来た。額に一つ、星のような白い斑点《はんてん》があり、姿も毛なみも絵のように美しい馬だ。手綱をルイースに渡すと、ホアンはどこかへ行ってしまった。

「すばらしい馬ね」ニコラは感嘆の声を上げた。

「気に入ってもらえて、うれしいよ」馬のたてがみをなでながらルイースが言った。「今朝ここに着いたばかりだ。悪い癖がないかどうか念のためホアンに調べさせるから、乗るのは二日ほど待ってくれ」

「じゃあ……これを私にくださるの?」

「そうだよ。名前はエストレーヤだ」

「こんなすてきな贈り物をいただいて、私、どうやってお返しをすればいいのか……」頬を染めてうなだれたニコラの耳を、からかうような声が打った。

「教えてやりたいが、昼日中、こんな場所では言えないよ」ニコラが顔を上げる前に、ルイースはエストレーヤを厩舎へ戻しに行ってしまった。

彼が再び戸外に出て来たとき、ニコラは早口で言った。「もう一つ、お礼を言わなくちゃ……これのこと」彼女は手にした薔薇を胸もとに掲げた。

「どういたしまして《デ・ナーダ》」ルイースは無造作に言った。「それの意味はマリアが教えてくれた?」

「ええ」と言ってニコラは無理に笑った。「お陰様で、さっそく役に立ったわ、あまり愉快じゃないことをピラールから言われたときに……」

ルイースの口もとがこわばった。「困った娘だ。母親に猛反対されて大学進学をあきらめて以来、すっかりひねくれてしまった。もっとも、この僕も最終的には母親の加勢に回ったんだがね」

「叔母様は、なぜ反対なさったの?」

「学問をする女は社会の害虫だと信じているからさ。それに、娘を館《やかた》にとどめておけば、いずれ僕が求婚すると見込んでいたのさ。たわいもない妄想だ」

「なのに、なぜあなたまで叔母様の味方を?」

「あの当時ピラールが大学に行けば、好ましからざる思想の影響を受けただろう。そう信じるに足りる十分な理由があった」彼はそっけなく言った。

「だったら、叔母様の二番目のご希望もかなえて差し上げればよかったのに。めったに会ってもいないテレジータに求婚したぐらいなんですもの、後継ぎを産んでくれそうな娘なら、相手は誰でもよかったんでしょう？」胸を刺す痛みに耐えながらニコラは言った。「ピラールと結婚してあげれば、八方円満におさまったでしょうに」

「平手打ちを食わせてやりたいと思うとき以外、ピラールには手を触れたいと思ったこともない」ルイースは不機嫌に言った。「それに、君は大きな考え違いをしているようだ。誰でもいいから妻にしたいと思えば、僕はとっくに結婚していたよ。志願者は両手に余るほどいたんだからね。僕が君と結婚したのは、ほかの誰でもない、君が欲しかったからだ」

はっとなったニコラを愉快そうに見つめて彼は言葉を続けた。「最初に君のたくらみを見破ったとき、僕は怒りと同時に一種の尊敬の念を抱いた。君の大胆さに感服したんだよ。そして、旅を続けるうちに君が意外に純情で、しかもまだ男を知らないということもわかった。そこで、僕は君を情婦にするのをやめて妻にしようと決めたんだ」

一瞬の間を置いてニコラはたずねた。「もし私があの小屋で銃を構えて、絶対に結婚しないと言ったら、どうするつもりだったの？」

「必ず説得してみせただろう。一晩じゅうかかって、非常に楽しい方法で」笑いながらルイースは言った。

「だったら、なぜゆうべは、そうしなかったの？」

ルイースの顔から笑いが消えた。「ゆうべと違ってあの晩の君は、まるで死刑執行人を見るような目で僕を見たりはしなかった」

ニコラは耳のつけ根まで赤くなった。「ごめんなさい……」硬い声でつぶやいて、彼女はうなだれた。

「残念だよ、女性から怪物のように思われることには慣れていないものだからね」かすかな苦笑のまじる声でルイースは言った。「しかし、世間の手前、ここ二、三週間は同じ部屋を使わなくてはいけないだろう――ゆうべのように」

ニコラは顔が上げられなかった。「ゆうべのようにということは、つまり……」

「つまり、何もしないでということだ」彼は荒々しく言った。「僕は君が眠った後でベッドに入り、君が目を覚ます前に部屋を出て行くことにするよ」

ニコラは力なく肩をすくめた。「わからないわ。私が……欲しいと言ってみたり、今度は……」

「誤解しないでくれ、僕の気持は今でも変わっていない。しかし、いやがるものを腕ずくで奪って楽しむ趣味も持ち合わせてはいない。いつの日か君が自分から僕の胸に飛び込んでくれることに望みをかけて待つことにしたんだ」彼は重い口調で言った。

「僕を憎むという言葉は何回か君の口から出たが、本気ではあるまいと信じ込んでいた。しかし、昨夜の君の顔を見て、僕の自信はぐらつき始めた」

本気じゃなかったのよ、とニコラは叫びたかった。本当は愛しているのよ、心から、と……。

それを言う代わりに、彼女は他人行儀な調子で言った。「寛大なご処置に感謝いたしますわ、セニョール。昼食のときには食堂にいらっしゃるの？」

「もちろん、まだ招待客も残っていることだし、表面上はあくまで普通の夫婦として振る舞おう」

ルイースと別れて館に引き返す途中、ニコラは薔薇の小枝を握り締めた手に血が付いているのに気づいた。手を広げてみると、茎に一つだけ残っていたとげがてのひらに深々と突き刺さっていた。血に染まったてのひらの上に、熱い涙がしたたり落ちた。

午睡《シエスタ》の時間が来るころには、ニコラは幸せな花嫁の演技に疲れ果て、指一本動かすことさえ苦痛に感じ始めていた。家族や招待客とともに昼食に臨んだルイースは思いやりにあふれた夫の役を完全に演じきっていた。彼はしばしば新妻の腰に手を回し、あるいは耳もとに口を近づけて頬ずりしてみせた。そのたびにニコラは赤面して下を向いてしまったが、周囲はそれを花嫁の恥じらいと解釈し、ほほ笑ましい新婚夫婦の姿を温かく見守っていた。もちろん、ピラールと彼女の母親の二人だけは、その仲間に加わろうとしなかった。

なんとか自分の部屋までたどり着いたニコラは、後ろ手に閉めたドアにもたれて大きなため息をついた。作り笑いで頬がこわばり、二度ともとへは戻らないような気がした。

彼女はたっぷり時間をかけてシャワーを浴び、薄手のバスローブをまとってベッドに倒れ込んだ。そのときだ。不意にドアが開き、ワインのボトルとグラスを持ったルイースが部屋に入って来た。

「な……なんの用なの？」片肘をついて起き上がったニコラの狼狽《ろうばい》ぶりに、彼は皮肉な微笑を浮かべた。

「みんなの期待にこたえて、愛する妻の後を追って来ただけだよ。君もワインを飲むかい？」

「いいえ」

ルイースは無理強いせず、コルクを器用に抜いてワインをグラスについだ。「さて、どうやって時間をつぶそうか。めいめい押し黙って考え事にふけるか、それとも何か話をして……」

「お話のほうがいいと思うわ」

「僕もだ」彼はあっさりと言った。「話題は君が選んでくれ」

ニコラは唇を湿した。「そうね……政治のお話なんかは、いかが？」

ルイースは目を丸くした。「政治の話？」

「ええ。興味があるんでしょう、政治には？」

「また、どうしてそんなことを思ったんだ？」彼が不思議そうにかぶりを振るのを見て、ニコラは早口で言った。

「お友だちに政治家が多いようだから」

「数多い友人の中に政治家もいるという程度だよ」

カルロータ・ガルシアの名前を叫びたい衝動をニコラは懸命にこらえた。「ごめんなさい。私、何か勘違いしていたようね」

「僕の見るところ、君は非常に多くの勘違いをしているよ」少しいら立ったような声だった。「しかし、政治の話が出たついでだから、一言注意しておこう。ここから東の方の地域で、土地制度の改革を巡る不穏な動きがまた活発化しているそうだ。だから、エストレーヤに乗れるようになっても、絶対に一人では出かけないこと――わかったね」

「よくわかりました。その不穏な動きには、あなたの例のお友だちも参加しているの？」

「いや、直接には加わっていないはずだ。あのグループは急速に過激化していて、最近では指導者である彼が最も穏健主義者だとまで言われている。皮肉な、実に皮肉な話だよ」

「彼の居場所はわかっているの？」

「いや、僕は知らない」ワインを口に含みながら、ルイースはからかうような視線を投げた。「ずいぶんと彼のことに興味があるようだね。無法者の生き方が君のロマンスをかき立てるのかい？」

〝いいえ、昼も夜も私の体と心をかき立てているのはルイース、あなたよ〟とニコラは胸の内で言い返し、口に出しては「そうらしいわね」と答えた。

「となると、君とピラールは少なくとも一つだけ共通点を持っているわけだ」ルイースは不意に立ち上がってワイシャツのボタンを外し始めた。「目をつぶっていたまえ。僕は今からシャワーを浴びる」

ニコラはベッドに横たわり、シャワーの音を聞きながらピラールのことを考えた。ピラールの恋の相手はミゲルだろうか。だとすれば周囲が反対するのも無理はないし、また、彼女が周囲を恨んでかたくなな殻の中に閉じこもってしまった気持も理解できる。これからはなるべく彼女の心を開かせるよう努力してみようとニコラは決心した。

シャワーの音がやみ、腰にタオルを巻き付けたルイースが戻って来た。彼がワイングラスを持ってベッドに歩み寄って来るのを見て、ニコラの胸は騒ぎ始めた。ルイースの入浴中にベッドの上掛けの下に潜り込んでおかなかったのが悔やまれた。

枕もとに立ったルイースは薄いバスローブ一枚のニコラの全身を入念に眺め回し、意味ありげな乾杯のポーズを取るとワインを飲み干した。そしてグラスを横のテーブルに置くと、ゆっくりとベッドに腰を下ろした。彼はニコラの頭の両脇に手をついて青白い顔をのぞき込んだ。

「約束が……違うわ」かすれた声で彼女が抗議すると、ルイースは静かに首を左右に振った。

「無理強いはしないと、確かに約束した。しかし、君の心を解きほぐすための努力まで放棄するとは言わなかったはずだよ」下りて来た彼の唇がニコラの細く白い喉をむさぼった。再び顔を上げたとき、黒い瞳の中には意地悪な光が躍っていた。「震えているね。それが恐怖のためなのか、それとも別の理由なのか、ぜひ探り当てなくてはいけない」

狂おしいほどに官能を刺激する甘いキスがニコラの唇を覆った。やがて、彼の両手は静かにバスローブのひもを解き、白い肌を優しく愛撫《あいぶ》し始めた。不意にニコラの体に痙攣《けいれん》が走り、彼女は息を止めた。

「怖がることはないんだよ」キスを続けたままルイースは少ししわがれた声で言った。「君の体を痛めつけたりはしない。ささやかな喜びを君と分かち合いたいと思っているだけだ」

これが〝ささやかな喜び〟と言えるだろうかとニコラは思った。全身が火のように燃えて彼を求めているというのに、何も感じないふりをして耐えていなければならない。それは、まさに拷問以外の何ものでもなかった。

彼のキスは徐々に位置を変え、白い胸をゆっくりと下がっていった。胸に彼の唇が触れたとき、ニコラはひからびた喉の奥からうめくように言った。

「ルイース、お願い……」

「いいとも、君の〝お願い〟なら、何なりとかなえてあげよう」胸に顔を押し当てたままルイースはつぶやいた。

「だめよ、ルイース。いや……」そう言ったときは遅かった。ニコラは呆然《ぼうぜん》と目を見開いた。今までとは全く異質の未知の歓喜が体を駆け抜け、甘いうめき声となって唇の外に出た。

彼女の顔を食い入るように見つめたままルイースがささやいた。「いやじゃないだろう？　いやじゃないと言ってくれ、ニコラ……」

ニコラの中にかろうじて残っていた理性が頭をもたげた。不思議なこともあるものだ。今の声は、まるで初めてのデートで緊張している少年の声のように聞こえた。実際のルイースは何人もの女性を知りつくしているはずなのに……。

突然、ニコラはカルロータ・ガルシアの顔を見たように思った――これと同じ愛撫をルイースから受け、歓喜に身もだえしているカルロータの顔を……。

次の瞬間、ニコラはルイースの手を乱暴に払いのけ、寝返りを打って枕に顔をうずめていた。抱き起こそうとする手が肩にかかったとき、彼女は泣きそうな声で叫んだ。「いや！　触らないで」

長い沈黙の後、険しい声が言った。「さっきまで君の体は、それと正反対のことを叫んでいた」

「そうかもしれないわ」顔を背けたまま、彼女は投げやりにつぶやいた。「あなたほど経験豊富な人の手にかかれば、石の彫像だって燃え上がるわよ」

「おや、嫉妬《しっと》しているのかい？」

「いいえ」ニコラは急いで言った。「どうして私が嫉妬なんか？　私の愛してる人は別にいるのよ」

肩をつかんだ手に力が加わった。「誰だ！」

「取り引きしましょうよ。今後はあなたの私生活に口を出したりしないわ。その代わり、あなたも私のことにはかまわないでちょうだい」

肩が急に軽くなり、ルイースが服を着るきぬずれの音がした。続いて、ドアが地響きを立てて閉まった。念願どおりニコラは一人になった。しかし胸に迫って来たのは勝利の喜びとはほど遠い惨めな孤独感と、そして悪寒を伴う冷たい不安だった。

数日のうちに招待客は一人残らずいなくなり、ラ・マリポーサに静寂が戻って来た。ニコラに対するドーニャ・イザベラとピラールの露骨な敵意もよみがえったが、以前と違ったのはルイースも彼女を守ろうとする努力をやめてしまったことだ。彼は毎日どこかへ出かけ、そのまま帰宅しない日もあった。

とはいえ彼は外泊しない限り、夜は必ずニコラのベッドで眠った。ただしベッドでの会話はいっさいなく、ニコラには指一本触れようとしなかった。ルイースの規則正しい寝息を聞きながら、彼女は寝苦しい夜を過ごした。せっかく寝ついても夢にうなされて目を覚まし、枕が涙でぬれているのに気づくこともしばしばだった。ニコラは夜を恐れ、ルイースの外泊を恐れた。彼が不在の夜に限って、夢の中でも最悪の夢が繰り返し現れるようになったからだ。

その夢の最初の場面はいつも同じだ。彼女はルイースの腕に抱かれて馬の背に揺られている。背中に彼の温《ぬく》もりが伝わり、熱い吐息が髪をくすぐる。何の不安もない平和で穏やかな気分だ。しかし、ほほ笑みながら振り向くと、とたんにすべてが変わってしまう。後ろの人物の顔には目も鼻も口もなく、気がつくと、鋼鉄の腕が彼女をはがい締めにしている。

夢はいつもそこで終わるのだが、その晩は違った。のっぺらぼうの顔が突然ユーアンの顔に変わったのだ。彼女は必死でもがき、ユーアンの名前を叫んだ。しかし彼は手を緩めず、残忍な微笑をたたえながら鋼鉄の腕にいっそうの力を加えた。ニコラは激しくかぶりを振り、またユーアンの名前を呼んだ。目が覚めたのは、そのときだった。

軽くまばたきしたニコラは、まだ夢の中にいるのだろうかといぶかった。外泊したはずのルイースが上から覆いかぶさるようにして見下ろしている。夢ではないと悟って、ニコラは小さくあえいだ。

「私……夢を見ていたの」

「そのようだな」と言うなり、ルイースはくるりと背中を向けてベッドを下り、手早くガウンを着込んだ。「何か煎《せん》じ薬を持って来させよう。僕は自分の部屋で寝ることにする」

行かないで。ここで私を抱いていてちょうだいと言いかけたとき、閉まるドアがルイースの後ろ姿を隠し、ニコラは広い部屋に一人で残された。

マリアが運んでくれた煎じ薬が効いたのか、ニコラは翌日の昼前まで夢も見ずに熟睡した。急いで身支度をしてホールに下りてみると、ルイースの書斎の方角からピラールのわめき声が聞こえる。カルロスの話によると、早朝から外出したルイースは、しばらく前に戻って来るとすぐ、ピラールを呼びつけたそうだ。ニコラがおそるおそる書斎の前まで行ったとき、いきなりドアが開いた。顔じゅうを涙でぬらしたピラールが飛び出し、怒り狂ったようにそのまま階段を駆け上がって行った。

ピラールはそのまま自分の部屋にこもり、結局その日は二度と階下《した》へ姿を見せなかった。昼食も夕食も彼女を欠いたまま陰うつな雰囲気のうちに始まった。誰かがしゃべろうとするたびにルイースがものすごい顔でにらみつけるので、食事中の会話はいっさいなかった。ドーニャ・イザベラは夕食のなかばで席を立ち、家族の中に波風が立つのは甥《おい》が妻の選択を誤ったせいだという意味の捨て台詞《ぜりふ》を残して食堂を出て行った。

打ちしおれたニコラにラモンが同情と励ましのこもった微笑を送り、ニコラが感謝のほほ笑みを返したとたん、ルイースが二人を陰険な目つきで見比べながら言った。「僕に気がねは要らないよ。なんなら席を外してやろうか?」

ラモンは一瞬天井をにらみつけ、静かに椅子を引いて無言のまま食堂を出て行った。

テーブルの上の皿やグラスやナイフやフォークを片っ端からルイースの顔めがけて投げつけてやりたかった。だが、そうする代わりに、彼女は静かな声で話しかけた。「ピラールが何か問題を起こしたようね。何か私でお役に立てるなら……」

「いやはや、かたじけない」皮肉をたっぷりきかせた声でルイースは言った。「そもそも、君がピラールの話し相手になる努力さえしてくれていたら、今日のような事態にはならずにすんだんだがね」

ニコラはあっけに取られた。ミゲルとの悲恋を知った日から今日までの三週間というもの、彼女はあらゆる手段でピラールの心を開かせる努力をしてきた。ピラールがメキシコ・シティーからたびたび本を取り寄せているのを知って、何冊か貸してもらえないかと頼んだこともある。結果は、一言のもとに断られた。折あるごとに乗馬にも誘ってみたが、これもそのつど断られ、ピラールはルイースの指示を無視して何度も一人で出かけてしまった。

それなら、と思ってニコラも一度だけ一人でエストレーヤに乗って館の外に出ようとしたことがある。

するとラモンがいつになく厳しい表情で追って来て彼女を連れ戻し、職務怠慢だと言ってホアン・エルナンデスをしかりつけた。それ以来、ニコラが厩舎に近づくたびに、ホアンは片時もそばを離れずに付いて来る。その結果として相対的に監視の目が行き届かなくなったのか、ピラールはますます好き勝手に出歩くようになった。

「努力はしたわ。でも、ピラールが私を受け入れてくれないの。私、本当に努力はしたのよ」ようやく気を取り直してニコラは抗議した。

「君が他人と打ち解けるためにどの程度の努力をしているかということは、この僕がいちばんよく知っているよ。君の努力ぶりは実に見上げたものだ」

またもや痛烈な皮肉を浴びせられ、ニコラの唇はわなわなと震えた。「あんまりだわ……私はゆうべ、部屋から出て行けなんて言わなかったわよ」

「そうは言わなかったが、似たようなものだ。同じベッドで寝ている最中に、うわ言で別の男の名前を聞かされてはたまらないよ」息をのんだニコラを見すえながら、ルイースは容赦なく追い討ちをかけた。

「今度僕が君のベッドに行くときは、我々の中途半端な関係が終わって名実ともに夫婦になるときだと覚悟しておいてくれ。それまでに、ベッドで僕の名前を呼べるように練習しておくことだ」

「でも、ルイース、私は……」

「君の上手な弁解は聞き飽きた。それより、ユーアンというのは誰だ。君が今でも心から愛しているとかなんとか言ってた、例の男か？」

「いいえ、それは……」あなたの思い違いよ、と言いかけたとき、ニコラはルイースに思い違いをさせた張本人が自分だったことを思い出した。

「とにかく、今度ベッドを共にするときは君のどんな拒絶も通用しないから、そのつもりでいてくれ」

そう言うと、彼は席を立って行ってしまった。

ニコラは椅子の背にもたれてかすかな微笑をたたえ、ドーニャ・マヌエラを見上げて小さくつぶやいた。「あなたがうらやましいわ。ご主人から、あんなにも愛されて。その赤い薔薇にも、いっぱいの愛がこもっているんでしょう？」

その夜、彼女は遅くまでまんじりともせずに部屋のドアを見つめていた。ルイースはついに現れず、ニコラは喜べばいいのか悲しめばいいのかわからない複雑な気持で眠りに落ちた。

結論は、翌朝の朝食の席についたときに出た。答えは、悲しみだった。ルイースは朝早くソノーラの町に出かけ、数日は帰って来ないという。

ドーニャ・イザベラは食事の間じゅうため息のつきどおしだった。ピラールはまだ二階に閉じこもったままだったので、ニコラは食後、ありったけの勇気をかき集めて彼女の部屋へ行ってみた。

ノックの後、しばらく間を置いて乱暴にドアが開き、ピラールが来訪者をにらみつけた。

また崩れそうになった勇気を奮って、ニコラはほほ笑んだ。「おはよう。今日こそ遠乗りに付き合ってもらえないかと思って来てみたのよ」

「行かないわ」ピラールは即座に答えた。「ルイースに命令されて私のことスパイしに来たの？」

「まさか」ニコラはため息を押し殺した。「ただ彼は、私とあなたが仲よく……もっと仲よしになればいいと考えているようね」

ピラールは鼻先で笑った。「私、あなたと仲よしになんかなりたくないわ。よけいなおせっかいはご無用になさって、セニョーラ・デ・モンタルバ！」

彼女は憎々しげに言った。「あなたに一目ぼれしたなんて、ルイースはどうかしてたとしか思えないわ。でも、あっという間に正気に戻ったようね。もうあなたのベッドには行かなくなったそうじゃない？」

つい昨夜のことが、もう家じゅうに広まってしまったらしい。自分の部屋に逃げ帰りたい衝動と闘いながら、ニコラはもう一度ピラールの説得を試みた。

「悲しいことやいやなことがあると、人は心にもないことをしたり言ったりするものね。今のは聞かなかったことにします。私、あなたの力になってあげたいのよ。なんでも相談してほしいの」

「だったら、ご自分の相談に乗ってあげれば?」ピラールは意地悪く笑った。「ばかねえ、あなた、何も知らないんだわ。ルイースがソノーラへ一人で行ったと思ってるんでしょう? とんでもない。カルロータ・ガルシアといっしょよ。昨日、電話で打ち合わせてるのを私、立ち聞き……」ニコラは右手を振り上げ、相手の頬に強い平手打ちを与えた。「よくもやったわね!」ピラールは金切り声で叫んだ。「覚えているといいわ、今に、生まれて来たことを後悔させてあげるから。きっとよ!」

ピラールがたたきつけたドアが顔に当たりそうになり、ニコラは思わずとびのいた。そして、たまたま通り合わせたラモンの体にぶつかってしまった。

「どうしたんだ?」心配そうにラモンはたずねた。

「ちょっとした女同士のもめごとよ」ニコラがそっけなくつぶやくと、ラモンはうなるように声を上げた。

「ピラールにも困ったものだ。ミゲルとの仲を裂かれたのが、いくら悔しいからといって……」

「じゃあ、やっぱり相手はその人だったのね。以前はルイースのお友だちだったんですって?」

「子ども時代からの親友で、大学も同じ。この家にもしじゅう出入りしていた。彼は将来、有能な法律家になるものと思われていたのに……」ラモンは悲しそうにため息をついた。「みんなの期待に反してミゲルは非合法の政治活動に入ってしまった。一時期は、この近くに小屋を建てて小作農をしていたこともあるが、その小屋も今ではすっかり荒れ果てていることだろう」

「すっかり、でもないわ」いぶかしげな視線を浴びてニコラは頬を染めた。「以前、ルイースと泊まったことがあるの……その小屋に」長い間の謎《なぞ》が解けたというように大きくうなずくラモンを見たとき、彼女はさっきから気になっていることをたずねてみようと思った。ピラールは〝一目ぼれ〟と言ったが……。「ねえ、ラモン、私のことをルイースは最初、あなたのお母様にどう説明したのかしら。今、思い出せる?」

「忘れるものか」とラモンは言った。「素姓も知れない外国人を妻にするとはもっての外だと母が騒いだら、彼はこう言ったよ――〝彼女を一目見た瞬間に、僕は恋に落ちてしまったんです〟と」

ニコラは同じ質問にルイースが答えたときのことを思い出した。彼は〝状況に合った物語〟と……。

「顔色が悪いよ。ピラールに何か言われたのかい?」心配そうなラモンに向けて、ニコラは笑顔を作った。

「まあね。気分転換に馬で出かけて来るわ」

「一人で行くのはだめだ」ますます心配そうにラモンは言った。「物騒な噂が飛び回っている。ルイースがピラールをしかりつけたのも、そのせいなんだ。ミゲル・フラードがこの近くに戻って来ていて、会いたいからサント・トマスまで出て来いという手紙をピラールに渡そうとしたらしい。ところが手紙をことづかった農民はまっすぐルイースのところへ注進に来た。それが、あの騒ぎの原因だよ」

ピラールが怒り狂ったのもある程度は理解できると思いながらニコラは部屋に戻って、ジーンズとブーツにはき替えた。ジーンズは乗馬用にと思ってサント・トマスから取り寄せたものだ。もっとも、これを見るたびにドーニャ・イザベラは露骨にいやな顔をする。ドン・ルイースの妻がスカート以外のものをはくのは許しがたい不作法だと思っているらしい。

着替えを終え、乗馬用の手袋と帽子を持ってニコラは鏡の前にたたずんだ。ピラールの言うとおり、他人の恋にくちばしを入れる資格はないと彼女は思った。自分の誇りをいくらかでも残そうとして試みたことは、すべて裏目に出てしまった。その中でも最悪の悲劇は、今さら、真実を――絶望的なまでにルイースを愛しているという真実を告白しても、とうてい信じてもらえそうもないことだ。

8

ニコラは岩にもたれて座り、強い光の降りそそぐ一面の荒野を見つめていた。ピラールと激しいけんかをしてから今日で三日。明日はルイースがソノーラから帰って来るというのに、残念ながらピラールとの関係は彼が出て行く前よりさらに悪化したままだ。努力が足りないからだと、またもや彼の雑言を浴びることになるのだろうか。

ルイースの留守を幸い、ピラールは毎日一人で馬に乗って出かけてしまう。仕事に追われているラモンは朝食もそこそこに館《やかた》を飛び出してしまうのでしかたないにしても、ドーニャ・イザベラが娘を引き止めようとしないことがニコラには不思議だった。

事態の重大さに気づいていないらしい肉親に代わってニコラは何度もピラールの後を追い、その度に途中で見失ってしまった。しかも、一人で追跡に出発するのが、また一苦労だ。護衛を断るための窮余の策として、ドン・ラモンと待ち合わせをしているという口実を使ってはいるものの、ホアン・エルナンデスが当人に真偽をたずねたりしたら、たちまち嘘《うそ》だとわかってしまうだろう。こんな苦労をしてまで、なぜピラールの身を案じる必要があるのかと疑問に思うことさえあったが、その答えはニコラ自身がよく知っていた。愛するルイースが、いとこの身を案じているからにほかならない。

追跡に成功したことはなくても、彼女はピラールの行き先におおよその見当をつけていた。あの小屋でミゲル・フラードと会っているに違いない。ラモンのオフィスに忍び込んで付近の地図を眺めてみると、いつもピラールの消える方角はやはり小屋の方角とほぼ一致していることもわかった。そこへ行ってみようと思ったことも一度ならずあったが、いまだに実行できずにいるのは、思い出の詰まりすぎている小屋をもう一度自分の目で見るのが怖いからだ。

しかし、今日こそあの小屋へ行こうと決心して、ニコラは館を出て来た。ピラールだけでなく、場合によってはミゲルと対決することも覚悟のうえだ。どんなに愛し合っていても、人目を恐れて会わなければならないような関係は絶対に成就しないことを心から忠告し、それでも二人が聞き入れてくれないのなら、ルイースの帰宅を待ってすべてを報告する以外にないだろう。

そう思ったので、今日は最初からピラールの後を追わなかった。彼女が目的地にたどり着いたころを見はからって、メモしておいた地図を頼りにまっすぐ小屋へ行くつもりだった。そして、たぶん今ごろ、ピラールは小屋に着いているはずだ。

ニコラは立ち上がってジーンズの泥を払った。高く口笛を吹くと、近くで草をはんでいたエストレーヤが優雅な足取りで戻って来て鼻面をすり寄せた。人間同士も、常にこういう素朴な愛情と信頼で結ばれていたらいいのにと思うと、軽いため息が出る。

エストレーヤに乗って荒野を進んでいる間じゅう、ニコラはルイースのことばかり考えていた。つまらないプライドにこだわって、みすみす彼を愛人のもとへ走らせてしまった自分の愚かさが今さらのように悔やまれた。なぜ闘わなかったのだろう。少なくとも若さの点ではカルロータ・ガルシアに勝っているのだから、ルイースの求めたものを素直に与えていれば、今ごろはもっと別の関係が生まれていたかもしれない。肉体の結びつきが、やがて心と心の結びつきに発展していたかもしれない。

考えごとをしながら来たせいか、小屋が見えたのは計算していたよりも遅い時間だった。もっとも、帰りが多少遅れても、待っているのがドーニャ・イザベラ一人では大した騒ぎにもならないだろうが。

さらに馬を進めて行くと、小屋の煙突から立ち上る煙が目に留まった。大胆というよりは無謀すぎる。追っ手が血まなこになってミゲルを捜しているのを知らないとでも言うのだろうか。

ピラールはどこか遠くに馬をつないで来たらしく、彼女の馬はどこにも見当たらない。ニコラはエストレーヤから飛び下りて手綱をベランダの手すりにつないだ。そのベランダを歩いて行くと、古い木の床が鋭い音を立ててきしんだが、小屋の中で人が動いた気配は感じられず、ドアをノックしても返事はなかった。彼女は思い切ってドアを押し開けた。

小屋の中は無人だった。しかし、つい今しがたまで人がいたことは明らかだ。暖炉には火が残り、その上にシチューを入れた鍋《なべ》が掛けてある。おいしそうな匂《にお》いに食欲を刺激され、ニコラは軽く眉を寄せた。今朝からコーヒー一杯とロールパンを少しかじっただけの者には、少々酷な香りだ。しかし、この様子だと、ピラールは近くまで恋人を迎えに行っただけらしい。ニコラは帽子と手袋を脱ぎ、丸椅子の一つに座って二人を待つ態勢を整えた。

小屋の中は前回来たときに比べて見違えるほどきれいになっていた。床にはほこり一つ見えないし、磨き上げられたテーブルには二人分の皿やスプーン類のほかに栓を抜いたばかりのワインが一瓶とグラスが二個。ベッドにも枕《まくら》が二つ、きちんと並んでいる。どこかの新婚家庭を訪問したような錯覚に陥りそうだ。ここまでにするには、相当の時間と労力が要ったことだろう。館では何一つ自分の体を動かそうとしないピラールが、恋人との密会の場所を美しく整えるために汗水たらして掃除をしたのかと思うと、何やら胸がせつなくなるような感じさえした。

ふと腕時計を見ると、館ではもう昼食が始まる時間になっていた。使用人たちが心配して騒ぎだしていませんようにと祈りながら、ニコラは鍋のところへ行ってシチューが焦げつかないようかきまぜて来た。そして、瓶のワインをグラスになみなみとついだ。さっきから狭い小屋の中の気温はだんだんと上がり、喉が渇いてしかたがない。彼女はグラスを上げ「お留守番のお駄賃よ」と独り言をつぶやきながらワインを飲み干した。

ワインのお陰で喉の渇きはおさまったが、今度は体の中のほうもぽかぽかと温かくなってしまった。ニコラはブラウスのボタンを一つ二つ外してテーブルの上に両肘をつき、重くなった頭を乗せた。眠ったりはしないわよ、と彼女は急いで自分に説明した。眠るんじゃなく、ほんの少し目をつぶるだけ……。

何か人の気配を感じたように思って、ニコラははっと顔を上げた。しかし、炉の火が消えかかっていることに気づいた以外、どんな変化も見当たらない。

彼女は大きく伸びをして立ち上がった。薪《まき》を持って来なくては。それに、エストレーヤを日盛りに待たせておいてはかわいそうだ。今ごろ気づいたうかつさを恥じて、ニコラは急いでベランダに出た。そして、暑さで熱射病にでもかかったのだろうかと思いながら何度も目をこすった。古い木の手すりも外の風景ももとのままだが、手すりにしっかりつないだはずの手綱と、その先のエストレーヤが消えていた。

ピラールのしわざだ。手すりが壊れていない以上、誰かが故意に馬を連れ去ったことは明らかだ。ピラール以外に、誰がそんなことをするだろう。ニコラはがっくりと肩を落としながら小屋の中に戻った。

この三日間、あの娘の後をつけているつもりが、逆につけられていたのだろうか。必ず後悔させてあげるとピラールは広言した。それをこんな形で実行に移したのだろうか。

あの岩のところで眠り込んでしまわなかったのがせめてもの幸いだとニコラは思った。あそこで馬を盗まれたら、食料も水もなしに炎天下の荒野をさまようことになっただろう。現にその荒野を、エストレーヤはあてもなくさまよっているかもしれない。罪もない動物が、どうかそんなむごい仕打ちを受けていませんようにとニコラは天に祈った。

それに引き換え、憎い相手に食料や飲み物まで与えて去ったピラールの寛大さが少し不気味に思えてきた。そもそもピラールは何をねらっているのだろう。帰って来たルイースが妻の勝手な行動に腹を立てること？　しかし、事情がわかれば彼もある程度は納得するはずだ。そんなことでピラールの復讐《ふくしゅう》心は満足するのだろうか。あのときの彼女の表情を思い出すにつけ、もっと恐ろしいたくらみが用意されているように思えてならなかった。

ともかく、当面は誰かが捜しに来てくれるのを待つ以外に手はない。空腹に負けたニコラはシチューを少し食べ、またワインを飲んだ。ピラールは今ごろ館に戻り、女主人の行方を案じる人々の騒ぎを涼しい顔で眺めているのだろう。

小屋の気温はさらに上昇を続けていた。とても午睡《シエスタ》を楽しむ気分ではなかったが、ほかにすることもなかったので、ニコラはブーツを脱いでベッドに寝転がった。前回と違って、抱き締めてくれるルイースはいない。いっそあのとき彼に奪われていたら、今のような悲嘆は味わわなくてもすんだことだろう――もっとも、プライドをさんざんに踏みにじられて、彼の奴隷になり下がっていただろうが、しかしいくらプライドが残っていても、焼け付くような嫉妬《しっと》や体の芯《しん》まで冷えるような孤独は癒《いや》されない……。

いつの間にかまどろんでいたらしく、気がついてみると太陽は西の空に沈みかけていた。もうすぐ夜がやって来る。そろそろランプに火を入れなくてはと思いながらも、ニコラはぼんやりとベッドの端に腰かけていた。そのときだ、どこかで馬のいななきが聞こえたような気がして彼女は全身の神経を緊張させた。幻聴を聞いてぬか喜びしたのだろうかと思いかけたとき、また音がした。

間違いない、確かに馬だ。ピラールが考え直してエストレーヤを返してくれたのかもしれない。ニコラはベッドから飛び下り、転がるようにしてドアに向かった。ちょうどそのとき、ドアが開いた。

大またで踏み込んで来たのは、ルイースだった。

ニコラは息をのんで立ちすくんだ。なぜルイースが？　帰って来るのは明日だとばかり……彼の険悪な顔色に気づいて、ニコラは早口で言った。「ピラールから聞いたの？　でも、怒らないでちょうだいね。これはただの冗談……」

「そう、ピラールから聞いたんだ」表情とは正反対の穏やかな声でルイースは言った。「これが冗談かどうかはさておき、僕が来たのは意外だろう？」

「ええ、びっくりしたわ。だって……」

「ラモンは落馬事故に遭って、今は館で寝ている」ニコラの言葉を強引にさえぎって彼は続けた。「だから、いくら待っても君の待ち人は来ないよ」

再会の喜びに代わって、どす黒い不安がニコラの胸に忍び寄った。「何の話？　私、さっぱり……」

「さっぱり理解できなかったのは僕のほうだ。仕事を一日早く片づけて帰ってみたら、ちょうどラモンがかつぎ込まれたところで、館は火のついたような騒ぎだ。おまけに、その騒ぎの最中にメイドの一人が深刻な顔をして僕のところへやって来た。今朝、ラモンの部屋を掃除しているときに、これを見つけたと言って……」ルイースは静かに片手を差し出した。銀の蝶《ちょう》――あの髪飾りの蝶が、彼のてのひらの上で羽を休めている。

「まさか」と言ったきり、ニコラは絶句した。この髪飾りは結婚式の翌朝に宝石箱へしまい込んだまま一度も手を触れていない。それが、なぜ……。

「ほかに言うことはないのかい？」不気味なほど優しい声でルイースはたずねた。「メイドがしぶしぶ白状したところによると、これはセニョール・ドン・ラモンのベッドの中にあったそうだ」

「メイドが嘘をついているんだわ」呆然《ぼうぜん》としたままニコラはつぶやいた。

「彼女は古くから館で働いている正直者だ」と言いながら、彼は銀の蝶をニコラの足もとに投げ捨てた。「白状するときも、泣いていたよ」

「嘘でないとすれば、なぜそんなところにあったのか、私には見当もつかないわ。本当よ、ルイース」

「そうかい？　僕には容易に見当がつくんだがね」彼はせせら笑って小屋の中を見まわした。「ほう、りっぱな愛の巣が完成したじゃないか。君の天才的な家事能力に、心からの敬意を表するよ」

「違うわ、最初からこうなっていたの」ニコラは夢中で抗議した。「食べ物もワインも、最初からあったの。ここへはピラールを捜しに来ただけなのよ」

「ピラールも君を捜していたそうだ。館の近くでうろついている君の馬を見つけて連れて来てくれたのは彼女だ。そして厩舎《きゆうしや》の連中が総がかりで捜しても君が見つからないと報告して来たとき、ここにいるかもしれないと教えてくれたのも、ピラールだ」

地平線に沈もうとする太陽の最後の光が、すさまじい怒りにゆがんだルイースの顔を赤黒く染めた。

「兄をかばって今まで黙っていたが、以前からうすうす感づいていたと彼女は言っていたよ。君たちがこの小屋のことをしゃべっているのを立ち聞きしたこともあるそうだ——ラモンの寝室の外で」

「嘘よ、でたらめよ！」かすれきった声でニコラは叫んだ。「ラモンに聞けばわかることだわ」

「何がわかるのか知らないが、鎮痛剤を打たれて眠っている人間からは何もきき出せないよ。肩の骨を折ったとは運のいい男だ。お陰で、僕に首の骨をへし折られずにすんだんだからな」

本気で言っているとしか思えない残忍な口調がニコラをすくみ上がらせた。「ルイース、お願いだから私を信じて。ピラールの言ってることは全部でたらめよ。彼女は私を憎む一心から……」

「当然、そのことも考えてはみた」ルイースはそっけなく口を挟んだ。「しかし、ホアン・エルナンデスが君を憎む理由は何もない。彼の話によると、しばしば君はラモンとの待ち合わせがあると言って一人で館を出て行ったそうだな。違うかい？」

「いいえ、それは本当よ。でも、あれは……」

「もういい！」鋭い一声でニコラの口を封じると、ルイースはゆっくりと手袋を脱ぎ始めた。「無益な話し合いはやめて、これから先の時間はもっと有意義なことに使おうじゃないか」

「どういう……意味？」

ルイースは肩をすくめた。「せっかくの逢《あ》いびきがふいになってはかわいそうだから、僕が彼の代役を務めてやる。男をよろこばせる技術がどれだけ身についたか、とっくり拝見させてもらうよ」

迫って来る大きな体を見て、ニコラはじりじりと後ずさりした。「ルイース、信じてちょうだい。私たちはそんな関係じゃないの。少しでも抱き合ったりしたのは、たった一度、あの結婚式のパーティーのときに……」言ってはならなかったことだと悟って口をつぐんだとたん、彼女は髪をわしづかみにされてルイースの目の前に引き寄せられた。

「あの光景だけは、言われなくともはっきり覚えている。さあ、笑ってみろ。あの晩、あの男に与えた甘い微笑を再現するんだ――今、ここで!」

「髪が……やめて、ルイース、お願い……」痛さにうめきながらニコラは訴えた。しかし髪をつかんだ手は離れないばかりか、もう一方の彼の手がブラウスのボタンを引きむしり、ジーンズにかかった。突然、ニコラの体は宙に浮き、乱暴にベッドの上に投げ下ろされた。彼女は必死でもがき、力の限り暴れ回ったが、気がついたときにはジーンズをはぎ取られてルイースの体の下敷きになっていた。

「やめて!　こんなのは、いや。こんなのは……」

必死の叫びも、残忍な低い声にさえぎられた。

「じゃあ、どういうのならいいんだ?　いつもラモンは、どんなふうにしてくれた?」ルイースの両手と唇が、震える白い肌の上を動く。「こんなふうか、それとも……こうか?」

「やめて……」ニコラは絶望のうめき声を上げた。こんな辱めを受けているにもかかわらず、全身に火のようなよろこびが走っているのが惨めだった。

突然、鋭い激痛が体をさし貫いた。ニコラは小さな悲鳴を上げたが、痛みに耐えかねてすぐに口を閉じ、必死で唇をかみしめた。口の中に血の味がした。

痛みはますます激しくなる。ついに涙が一粒、閉じたまぶたからこぼれて頬に伝わった。

そのとき、不意にルイースの動きが止まった。あと一秒遅ければ気を失っていたに違いないと思いながら、ニコラはすすり泣くような安堵《あんど》の息をもらした。

左右の頬が温かいてのひらで包まれたのを感じて彼女はおずおずと目を開けた。二つの黒い瞳が、大きな驚きと動揺をあらわにして真上からのぞき込んでいた。二人の視線がからまり合った瞬間、ルイースは意味不明のうなり声を上げて体を離し、ベッドの上にごろりと体を伏せた。

痛みがおさまるのを待って、ニコラは無惨に破れたブラウスの胸を押さえながら体を起こした。ブラウス以外のものは、すべて遠くの床に投げ捨ててある。拾いに行こうとしたとき、低い声が言った。

「じっとしていたまえ」ルイースはベッドを下りて自分の衣服を手早く整え、床の衣類を拾い集めて戻って来た。

ニコラは受け取ろうとして手を差し出したが、彼はそれを無視して、まるで子どもを扱うかのように優しく服を着せていった。最後にブーツをはかせると、彼はベッドの毛布でニコラの体をすっぽりと包み、そのままそっと抱き上げて小屋の外に出た。濃い夕闇《ゆうやみ》の中で、マラゲーノが低くいなないた。

ルイースは急に足を止め、せっぱ詰まった苦しげな声でささやいた。「お願いだ、ニコラ。何か言ってくれ。何か一言でいいんだ！」

ニコラは静かに口を開いた。「ピラールは私に、生まれて来たことを後悔させてあげるって言ったわ。そのねらいがここまで成功するとは、彼女自身も思っていなかったでしょうね」

ルイースのたくましい腕に抱えられて館のホール

に運び込まれたとき、ニコラは彼の言った〝火のついたような騒ぎ〟がまだ続いていたことを知った。ホールにひしめいていた人々が口々に大声でルイースに話しかけようとした。その中で、ひときわ高くドーニャ・イザベラの泣き叫ぶ声が聞こえた。

「ルイース！　ピラールがいないのよ。あの男と、あのならず者と駆け落ちをしたんだわ。早くつかまえないと家名に傷がつくわ。つかまえて、早く！」

階段の下まで来ていたルイースが振り向き、声高に何か一言叫んだ。とたんに彼の叔母は顔を紫色にしてメイドの肩に取りすがった。水を打ったように静まり返ったホールには二度と目もくれず、ルイースは急ぎ足で階段を上ってニコラを寝室に運んだ。

彼は鏡台の椅子の上にそっとニコラを下ろした。

「マリアを呼んで来ようか？」

「いえ……呼ばないで」毛布を外してみると、破れたブラウスのあちこちから、ルイースの指が作った青い痣《あざ》がのぞいている。鏡を見ているうちにニコラは泣きたくなった。自分のためではない。後ろから鏡を見つめているルイースの、あまりに痛ましい表情に胸を締めつけられ、大声で泣きたい思いだった。

ルイースは何か言いかけたのをやめて浴室に入って行き、すぐに戻って来て彼女を浴室の前へ連れて行った。蛇口はいっぱいに開かれ、温かいお湯がすでに半分ほど浴槽にたまっていた。ニコラは心からほっとしながら湯船に体を沈め、体の節々に残る痛みや疲れがゆっくりとほぐれていく快さにひたった。

ルイースは浴室の外で待っていたが、ニコラが湯船から出ると、すぐに入って来て湯上がりの体をバスタオルで包み、そのまま抱き上げてベッドに運んだ。細い体をシーツの上に下ろすと、彼はタオルを取り去って代わりに上掛けをていねいにかけた。そして、生気のない目でニコラを見つめ「ゆっくりお休み」と言ってきびすを返そうとした。

ニコラの手が衝動的に伸びて彼の袖をつかんだ。

「行かないで。ここに、いっしょに……お願い」

ルイースの体が石のようにこわばった。拒絶の返事を予想してニコラがまた泣きそうになったとき、彼はようやくうなずいてベッドに上がって来た。ただし服は脱がず、上掛けの中にも入ろうとしなかった。上掛けごと優しく抱き寄せられ、ニコラは彼の頑丈な肩に頭を預けて目を閉じた。怒りも不安も興奮も、今は過去のものになっていた。ひたすら安らかな満ち足りた気分に包まれて、ニコラは平和な眠りの世界へと引き込まれていった。

朝の目覚めが訪れたときも、満ち足りた気分は続いていた。まだ眠い目を閉じたまま、ニコラは片手を伸ばしてルイースの厚い胸を探した。しかし、その手がシーツの上を空《むな》しくさまようばかりだと知って、彼女はとび起きた。

ベッド脇の椅子に、白と黒の優雅なドレスをまとったカルロータ・ガルシアが座っていた。ニコラは痣だらけの自分の胸をはっと見下ろし、死にたいような屈辱感に責められながら再びベッドの中に潜り込んだ。カルロータが美しい微笑をたたえた。「おはようございます、セニョーラ。パジャマかネグリジェをお召しになりますか？　場所をお教えくだされば私、取って参りますわ」

迷った末に、ニコラは硬い声で引き出しの場所をつぶやいた。カルロータは薄い黄色のネグリジェを持って来て渡すと、気をきかせてベッドから離れた。そのまま出て行ってくれますようにとニコラは念じたが、ネグリジェを着終わると、またカルロータが戻って来てもとの椅子に腰を下ろした。

「世間には、当人が忘れているような古い噂《うわさ》話までよく覚えている人がいるものですわね」カルロータは唐突に言った。「そのことで、少しお話をさせてもらってもよろしいかしら？」

ニコラは膝に置いた両手を見つめてうなずいた。

「昔、私とルイースが、人から噂されてもしかたのないような関係だったことは私、否定しません」単刀直入な口調で聞き手を驚かした後で、カルロータは静かに続けた。「でも、それはほんの一時期、私が愛する夫を失って惨めな孤独にひたっていたわずかな期間だけです。私は今、政治に生きがいを見いだして充実した日々を送っていますし、ルイースとも単なる友人としては交際を続けていますけれど、誓って、それ以上のことはありません」彼女は励ますようにほほ笑んだが、ニコラの反応がないのを見ると再び真顔になった。「もしかして私が最近、しばしばルイースと会っていることをお疑いなんでしょうかしら？　でも、私たちは弟のことで対策を講じるために会っているだけですわ」

「対策……弟さんの？　それはいったい……」

カルロータは悲しそうなため息をついた。「ミゲル・フラードは私の実の弟ですの。ルイースは弟の罪が軽くてすむように、いろいろと手を回してくれました。負傷した人も幸い全快して……」彼女は急に口ごもって十字を切った。見ると、美しい目が涙でぬれている。「お許しになってね。でも何があろうとも、弟がかけがえのない私の宝であることに変わりはありませんわ」

「弟さんは、ルイースともお友だちだったとか」ニコラはゆっくりと言った。

「ええ。その友情に免じてルイースも手を尽くしてくれたんですが、今度のことばかりは……」

「今度のことというのは……ピラールの……」

「そうです。私が朝早くからお邪魔したのも、そのためです」カルロータはまた吐息をついた。「二人は昨夜、そろって私の家へ参りました――結婚したいから力を貸してくださいと言って。もちろん私は断りました。弟にはまだ結婚して家庭を持つ資格はありません。そこでピラールに館へ戻るよう申しますと、彼女はひどく取り乱して、もう二度と帰れないと言います。その理由をなかなか話したがらないので、結局はミゲルがなかば脅すようにしてすべてをきき出しました。あなたを小屋に誘い込んだことも、髪飾りを盗んでラモンの部屋に隠したことも……恐ろしい話です」カルロータは身を乗り出してニコラの手を握った。「どうか、これだけは信じてください。そんな計画を事前に知っていたら、弟はどんなことをしてもやめさせたはずです。事情を知って、ミゲルもたいそう怒っておりました。ただ、ピラールも決して生まれつきの邪悪な人間ではないと弟は申します。自分より幸せな人を見て、嫉妬を抑えることができなかったのだろう、と」

幸せ、という言葉がニコラの胸をえぐった。他人の嫉妬を買うような幸せな日が、一日でもあっただろうか。「ピラールは今もお宅に？」ニコラが小声でたずねると、カルロータはかぶりを振った。

「今朝ここへ連れて参りました。でも私、また連れて帰るつもりですわ。ルイースは二度と彼女を庇護《ひご》する気がないと言いますし、当分は私の秘書的な仕事をさせようと思いますの。彼女の反省ぶりいかんでは大学へ進学させることも考えています。彼女の母親も、もう理不尽な反対はできませんでしょう」

「ピラールはルイースから、ひどくしかられたんでしょうか？」ニコラは顔を伏せたまま つぶやいた。

「書斎で二人きりで話していましたから内容はわかりませんが、出て来てからというもの、ピラールは見るも哀れなほど泣いてばかりいます。そして、ドーニャ・イザベラは……」カルロータはかすかに苦笑した。「娘のしたことをルイースから聞かされて以来、すっかり言葉をお忘れになったご様子ですの」

ピラールと母親が直面したであろうルイースの怒

りを想像して、ニコラの体は小さく震えた。彼の怒りのすさまじさは昨日、身をもって体験してしまった。あの恐怖はまだ完全には消えていない。今朝、彼の胸の中で目覚めていたのなら、それを忘れ去ることができたかもしれないが……ふと気がつくと、カルロータが静かに立ち上がっていた。

「お目覚めになったことをルイースに知らせて参りますわ。ピラールの荷物がまとまりしだい、私はおいとまいたします。彼女は、まだとてもお目にかかれないと申しておりますので、どうか今日のところは大目に見てやってくださいまし。では、ごきげんよう、セニョーラ」

訪問者が笑顔を残して去った後、ニコラはぐったりと背中の枕にもたれた。カルロータへの焼け付くような嫉妬から解放された安堵や喜びはなく、何か漠然とした不安ばかりが体を包んでいた。

何日も徹夜を続けたようなやつれきった顔のルイースがベッドに歩み寄ったとき、ニコラはすべてを忘れて彼を抱き締めたくなった。昨夜彼にしてもらったように、自分の肩に彼の頭を乗せて、できる限りの慰めを与えたかった。しかし、しゃべり始めた彼の声には、いっさいの同情や慰めをはねつけるような硬さと冷たさがあった。

「気分は？　今、ラモンのところに医師が往診に来ているから、ここへ寄らせてもいいんだよ」

「いいえ、私は大丈夫。本当に大丈夫よ」

「よかった。では、マリアに朝食を運ばせよう」まるで行きずりの旅人に話しているような口調だ。「食事がすんだら、すまないが書斎に来てもらえないだろうか？　話し合いたいことがある」

話し合いより、私を抱いてちょうだいと言いそうになった自分をニコラは懸命に抑えた。「話は今、ここでしてはいけないの？」

「いや、先に別の用事があるんだ」

「それは……ピラールのこと？」

「そうだ」と言ったルイースの顎《あご》が固く引き締まった。「ほかの用事も二つ三つあるし、すまないが、今はこのぐらいで……書斎で待っているよ」彼は冷たく背中を向けて部屋を出て行き、ニコラは一人、暗い悲しみの中に取り残された。

マリアが運んで来た朝食をほんの申し訳程度に食べてから、朝の入浴と着替えをした。なぜか精いっぱい美しく装いたいという衝動が彼女を駆り立てていた。あれこれと迷った末に、ドレスは最もシンプルで豪華な感じの濃いグリーンのものを選んだ。髪は念入りに後ろへなでつけ、頬の青白さを隠すために頬紅と口紅はいつもより濃いめにした。

蝶の髪飾りを取り出そうとして宝石箱に手を伸ばしたとき、ニコラははっと唇をかんだ。あの銀の蝶は、まだ小屋の床に寂しく転がっているのだ。不意に涙がこぼれた。ピラールはよりによって、なぜあれを持ち出したのだろう。ルイースの贈り物の中で、あれがいちばん大切な宝物だったのに。もちろん、それを知っていたからこそ、ピラールは数ある装身具の中からあれを選んで復讐の道具に使ったのだ。幸運のお守りをなくしてしまったような心細さと虚脱感が体の中にひろがった。

心細い気持のまま、ニコラは部屋を出てゆっくりと階段を下りた。直接ルイースの書斎に行くべきか、それとも呼びに来られるまで客間で待つべきかの判断に迷っているうちに、足がホールの床に着いてしまった。突然、けたたましい音が神経に突き刺さり、ニコラはとび上がりそうになった。誰かがひどく気ぜわしげに玄関の呼び鈴を鳴らし続けている。

ホールに現れたカルロスと入れ違いに、ニコラは客間へ向かった。ルイースに急の訪問客が来た以上、彼との会見は自動的に延期されたわけだ。迷いに決着をつけてもらえて、むしろほっとした気分だった。

ドアの開く音と同時に、澄んだ女性の声がホールに響き渡った。「セニョリータ・ニコラ・タラントに会わせてください。ここにいるんでしょう？」信じられないことに、それはテレジータの声だった。

振り向いてみると、ホールに踏み込もうとしているのは確かにテレジータだった。後ろにクリフもいる。

ニコラを見るなり、テレジータは駆け寄って両腕をひろげて抱き着いた。「ニッキー！　やっぱり、ここにいたのね。手紙を見て飛んで来たのよ。あんなこと、嘘でしょう？　ねえ、ニッキー、あの野蛮な男に、いったい何をされたの？」

9

テレジータに抱擁を返してからニコラは後ろを振り向き、憤慨した顔つきのカルロスに向かって、もう下がっていいと言い渡した。「さあ、テレジータ、客間へきて。ここでは話もできないわ」

「長居をするつもりはないの」テレジータは断固とした口調で言った。「私たち、あなたを迎えに来たのよ。あんな獣みたいな男のところに、もう一日だってあなたを置くことはできないわ」

「ようこそ、セニョリータ・ドミンゲス」二人の真横から、ルイースの穏やかな声が聞こえた。「それとも、今は別の名前でお呼びするべきかな？」

猛然と言い返しかけたテレジータを目で制して、

クリフが口を挟んだ。「突然にお邪魔したのは、ドン・ルイース、妻がニッキーの手紙を見て、ひどく気をもんだものですから……」

「それはどうも、ご親切に」ルイースは悠然と言った。「客間で冷たいものでも、いかがですか？」

冷たいものなど無用だと言い張りながらも、テレジータは案内されるままに客間へ入った。「私たち、ニッキーを連れ戻しに来たんです。私の身代わりにニッキーを犠牲にすることは断じて許しません」

「残念ながら、少々手遅れだったようだね」という冷たい返事を聞いて、テレジータは息を止めた。

「じゃあ、もう結婚して……どうしよう！　身代わりなんか頼むべきじゃなかったんだわ。ねえ、ニッキー、どうしてこんなことに……」

返事をしたのはルイースだった。「彼女は結婚かそれとも刑務所行きかの選択を迫られたんだよ」

「暴君、人でなし！」テレジータは叫んだ。「良心のひとかけらでも持ってるなら、かわいそうなニッキーに自分が何をしたかを考えて、死ぬまで苦しみ続けるといいわ！」

ルイースの口もとが固く引き締まった。「では、君の〝かわいそうなニッキー〟をここから連れ出して、気のすむまで慰めてやってくれ。僕も妻に結婚の解消を申し出ようとしていたところだ」

突然、ニコラは全身が石に変わるような恐ろしい感覚に襲われた。大声で抗議したいのに、声が出ない。懇願を込めた必死のまなざしもルイースには届かない。彼はクリフに話しかけていた。

「すると、セニョール、妻を、どこか望みの場所まで送り届けていただけるんですね？」

「ええ……もちろんです」クリフは目を丸くしながら言った。「じゃあ、ニコラ、出発の準準を……」

「待って」ささやくような声でニコラは訴えた。

「少しだけ夫に話があるの――二人きりで」

ルイースの冷ややかな目を見てニコラは一瞬、拒絶されるのではないかとおののいたが、彼はそっけなくうなずいてドアの外に出た。クリフとテレジータの不思議そうな視線を全身に感じながらニコラも後に続いた。ホールに出ても彼は足を止めず、そのまま急ぎ足で書斎に入って行った。彼はニコラに椅子を勧め、自分は立ったまま、ブラインドを下ろした窓を背にしてもたれた。「君の話というのは？」

「なぜ私を追い出すの？」ニコラは小声でたずねた。

「答えるまでもないだろう。君に結婚を強要したのはとんでもない間違いだったと、僕は昨夜、骨身に染みて悟った。これ以上の間違いが起こらないうちに別れよう。悪い夢でも見たと思って、僕のことは一日も早く忘れてくれ」

「悪い夢は、もう飽きるぐらい見たわ」ほほ笑もうとした唇が、わなわなと震えてしまった。「ルイース、あなた、まだ疑っているの？　私とラモンが……」

「違う！」ルイースは苦しそうな大声を出した。「あの性悪娘の嘘《うそ》はもうすっかり調べ上げたし、それに僕自身が昨日、許されざる残虐な方法で君の無実を証明してしまったじゃないか。あんなひどいことをしてしまった以上、僕にできるせめてもの償いは、君を自由の身にすることだけだ」

魂と愛をここに残したまま、あてもない旅を続ける――それが〝自由〟と呼べるだろうか。「じゃあ、もう私に興味をなくしたのね？」声の震えを隠しながらニコラはつぶやいた。

「とんでもない。しかし、興味や欲望だけで結婚生活は成り立たないよ」さげすむような声だった。

「でも……以前は別の考え方だったんでしょう？」

ルイースは皮肉な冷笑を浮かべた。「そのとおりだ。そして、今は考えが変わったんだ」

ニコラの全身に冷たい悪寒が走った。「一つだけ教えてちょうだい。叔母様に以前、私を見た瞬間から恋に落ちたって言ったそうだけれど……それは、ただの……作り話なの？」

ルイースは不意に背中を向けてブラインドのすき間から窓の外を見つめた。「そう、ただの作り話だ」

ニコラの立ち上がる気配に、彼は振り向いて引き出しを開け、何かを取り出してデスクの上に滑らせた。ニコラのパスポートだった。「落ち着き先が決まったら連絡してくれ。離婚の手続きや慰謝料などについて僕の弁護士に処理させるから」

「慰謝料をいただくいわれはありません。それからこれも……」と言いながら、ニコラはパスポートに挟んであった札束をデスクの上に戻した。「施しのお金をもらわなくとも私、また職を見つけて働くわ――あなたと会う以前のように。ラモンには、あなたから、よろしくと言っておいてください」

ニコラは振り向きもせずに書斎を出ると、そのまま二階の寝室に行って戸棚から古いショルダーバッグを取り出した。古すぎるから処分しましょうかとマリアに言われたとき、やめさせておいてよかったと彼女は思った。持って行くものは必要最小限にとどめるつもりだった。まずパスポート、そして下着の替えを一組、化粧品。寝るときの着替えも持ちたかったが、今朝の黄色いネグリジェはマリアが洗濯に出したらしく、見当たらない。引き出しを捜すと、真っ先に手に触れたのはメンデス夫人から贈られた霞《かすみ》のようなネグリジェだった。彼女は熱いものにでも触れたようにとびのいて引き出しを閉めた。今夜は着のみ着のままで寝て、明日になったらテレジータから少しお金を借りて身の回りの品をそろえよう。そして、どこへ行きたいかとたずねられたら、カリフォルニアと答えよう。カリフォルニアにはエレインがいる。彼女に頼めばトランス化学に再就職できるだろう。職が決まったら、海の見えるところに部屋を借りたい。海のそばで暮らすのは以前からのあこがれだった。ルイースがアカプルコに持っている別荘も海のそばだと聞いていたが、そこへ行くことは永久にあきらめなくては……。

胸にナイフを突き立てられたような痛みを感じて彼女は目を閉じた。永久にあきらめなくてはならないことが多すぎる。ルイースのキスも、あの温かい大きな胸も、彼といっしょの食事も、星空の下を一つ馬の背に揺られて行くことも、彼の子どもも……。

ニコラは着ていたドレスを脱ぎ、ここへ来た日と同じブルーのワンピースに着替えた。髪はポニーテールにまとめて青いリボンで結んだ。

「持ち物は、たったそれだけ？」ホールに下りて来たニコラを見て、クリフが不思議そうにたずねた。

「いいえ。でも持って行くのは、これで全部よ」

「だめよ、そんなの」テレジータが憤然として言った。「あの男は、あなたに大きな借りがあるのよ」

「そんなものは何もないわ。それより、もう少しだけ待っていてくれる？」ニコラは食堂に入った。大好きだった絵を見上げて、彼女はドーニャ・マヌエラに心の中で別れを告げた。〝さようなら。私もあなたのようになりたいと思っていました。あなたのように、夫の愛を一身に受けたいと。でも、とうとう、だめでしたわ〟

ニコラが玄関を出ようとすると、心配そうな顔のカルロスが進み出た。「どこかへ……ご旅行でございましょうか、セニョーラ？」

「ええ……ドン・ルイースはまだ書斎にいらっしゃる？　私、出発のごあいさつを……」

カルロスは見るも哀れなほどうろたえてしまった。「だんな様はマラゲーノでお出かけになりました。こんなに早いご出発だとはご存じなかったのに違いありません。ですから、セニョーラ……」

「いいのよ、カルロス」ニコラは優しく言った。

「本当は、もうごあいさつもすんでいるの」

「では……道中ご無事で。なるべく早いお戻りを心からお待ち申し上げております」

ニコラはためらいがちの笑顔を投げてから、テレジータたちの待つ車に乗り込んだ。

一人だけで後部座席に乗せてくれたテレジータとクリフの配慮にニコラは心から感謝した。二人とも質問したいことを山ほど抱えているはずなのに、何も言わずにそっとしておいてくれる。ニコラも話しかけず、行き先をたずねることさえしなかった。

長い長い距離を走った後で、クリフは小さな町の市場の近くに車を止めた。「遅くなったが、昼食にしよう」彼は目の前のレストランを指さした。

ニコラは友人夫婦を心配させたくない一心から素直に車を降りたが、本当は食べ物のことを考えるだけで吐き気がするほどだった。クリフは市場を望むテラスに三人の席を取り、こってりしたメキシコ料理をふんだんに注文した後で、青ざめた顔の友人に明るく声をかけた。「元気を出せよ、ニッキー」

返事はテレジータがしてくれた。「まだ無理だわ。彼女がどれだけひどい目に遭わされたか、考えてもごらんなさいよ」

ニコラは静かにかぶりを振った。「こうなったのも、みんな私の自業自得なの」

「それは間違った考え方だ」励ますようにクリフが言った。「君たちの身代わり劇は確かに無謀すぎたが、だまされた男が償いとして女性の……その……いちばん大切なものを奪うなんて、いくらなんでもひどすぎるよ」

「そうじゃないの」ニコラは顔を伏せた。「私たち、まだ……本当の意味の夫婦じゃなかったのよ」

「ニッキー、それ、本当なの?」テレジータが驚いて言った。「あのドン・ルイースを、どうやって納得させたの? 彼は生まれてこのかた、他人を思いどおりにできなかったことの一度もない人よ」

「一度だけ、あったんですって」ニコラは微笑を浮かべた。「あなたを馬に乗せようとして……」

「いやだ、すっかり忘れてたわ！」テレジータは吹き出した。「あのときの母の顔ったら……」

「思い出話は後回しにして本題に戻ってくれよ」クリフがたしなめた。「いいかい、ニコラ、君が彼を憎む気持もわかるが、こんな形で厄介払いされて君は悔しくないのかい？」

「私、彼を憎んではいないわ」ニコラがぽつりと言うと、テレジータははっと背筋を正した。

「まさか、本気じゃないんでしょう？」

「いまだかつて、これくらい本気だったことはないわ」ニコラは投げやりに肩をすくめた。「憎むどころか私、彼を……愛しているの」

テレジータの顔が青ざめた。「ニッキー！　だったら、どうして私たちに付いて来たのよ」

「報われる望みのない愛だから。それと、私の気持を彼に悟られるのが怖いから」こんな告白をするのは惨めだったが、必死で守り続けてきた秘密を打ち明けてしまったことで、気分はずっと楽になった。

「こうしてはいられないわ」テレジータは急に腰を浮かして夫の腕をつかんだ。「クリフ、今すぐラ・マリポーサへ車を戻してちょうだい」

「やめて。私は帰らないわ。もう終わったのよ、何もかも」

「だめ、帰るのよ」しかりつけるようにテレジータが言った。「本当の意味の結婚生活は、まだ始まってもいなかったんでしょう？　始まってもいないのに、何が終わったって言うの。ドン・ルイースが追って来てくれると思うのは大間違いよ。追いかけたくても、彼のプライドが許してくれないわ」

「スープが来た」と、クリフが現実的な声で言った。「どこへ行くにしても、まず腹ごしらえをさせてくれ。ニコラも食べるんだ。食べておかなきゃ、ドン・ルイースと対決する前に貧血で倒れてしまうぞ」

クリフは食事の時間をたっぷりと取った。ニコラに決断するための時間を与える意味もあったように思われたが、再び車に乗り込むころになっても彼女の心はまだ千々《ちぢ》に乱れたままだった。テレジータの言うとおり、最大の難関はルイースのプライドだろう。昨日のとんでもない誤解を悔やむあまり、心を固く閉ざしてしまったに違いない。ニコラはこっそりとため息をついた。今朝、彼の腕の中で目を覚ますことができていたら、悔やむ必要は少しもないと説明できただろうに……。

敗北主義になってはいけない、とニコラは強く自分に言い聞かせた。大切なのは、ルイースを誰よりも愛しているという、その事実だ。真心をつくしてぶつかれば、必ず道は開けるはずだ。

そうは言っても、車が高いアーチ門をくぐって館《やかた》の私道に乗り入れたとき、ニコラは思わず目を閉じて神に祈った。すでにたそがれ始めた館の前庭で彼女は車を降り、石段を上がって玄関の呼び鈴を押した。

ニコラを一目見たとたん、カルロスの口があんぐりと開いた。「セニョーラ！　ようこそお戻りくださいました。だんな様も、さぞお喜びでございましょう」

「そうだといいんだけれど」心とはうらはらの落ち着いた口調でニコラは答えた。「アーノルドご夫妻のためにお客様用の寝室を一つ用意してもらえるかしら。今夜はここへお泊まりいただくことにしたの」

「かしこまりました」と言いながら、カルロスは荷物を受け取りに石段を駆け下りて行った。

一つ大きく深呼吸してから、ニコラはホールの階段に向かって歩いて行った。ここまで帰っては来たものの、まだルイースを捜しに行く勇気はなかった。言いたいことは一つなのだが、それをどう切り出せばいいのかがわからない。まず、夕食前の着替えをしよう。ルイースに会うのはそれからだ。

寝室は早くもすっかり暗くなっていた。ニコラはベッドに歩み寄り、枕もとのスタンドをつけた。そして、わなわなと震えながらベッドを見つめた。

うつ伏せになったルイースが彼女の枕《まくら》に顔をうずめて眠っていた。服は着たままだが、乗馬用のブーツは左右ばらばらに遠くの床に投げ捨ててある。こんなに早い時間から正体もなく眠り込むとは、よほど疲れているに違いない。いったい何をしたのだろう……。

ベッドの端からだらりと垂れ下がった右腕の下に、何か光る物が床の上に落ちている。彼の手から滑り落ちたものらしい。ニコラは腰をかがめ、その光る物を拾い上げた。あの小屋に忘れてきた蝶《ちょう》の髪飾りが、手の中で銀色の光を放った。

こみ上げた喜びがニコラの胸を突き動かした。ルイースは、わざわざ馬を飛ばしてこれを取って来てくれたのだ。邪魔な女を厄介払いできて喜んでいるとはとうてい思えない。彼女は銀の蝶に感謝の口づけをして横のテーブルに置き、再び腰をかがめてルイースの黒髪にそっと唇を当てた。

いかつい肩がぴくりと動いた。ニコラは素早く体を引き、数歩下がってベッドから離れた。ルイースが大きく首を振って体を起こし、いぶかしげに周囲を見まわした。彼の視線が、ニコラをとらえた。

「こんばんは、セニョール」ニコラは静かに言った。

ルイースは押し黙ったまましげしげと彼女を見つめていたが、ついに口を開いてしわがれた声を出した。「夢なら……覚めないでくれ」

「夢じゃないのよ。今、その証拠を見せてあげるわニコラはハイヒールを脱ぎ捨て、素足の片方を軸にして体を一回転させた。「ほら、本物の私よ」

「なるほど」ルイースは乾いた声で言った。「ニコラ、なぜ帰って来た？　それに、どうやって……」

「テレジータとクリフに連れて来てもらったの。二人は今、客用寝室で着替えているところだと思うわ。帰って来たわけは、あなたにだまされて腹が立ったからよ。あなたは結婚前に言ったことを何一つ実行しなかったわ。言ってる意味はわかるでしょう？」

「それが……気に入らないと言うんだな？」

「もちろんよ」にっこり笑ってニコラは言った。「だから、実行してもらおうと思うの。今すぐに」

ニコラは背中のファスナーを一気に引き下げ、ワンピースを手早く脱ぎ捨てた。突然、ルイースの燃えるような視線を肌に感じて、彼女は熱い満足感に包まれた。しかし、続いて薄いレースのペチコートを床に落とすころになると、かりそめの勇気は早くも底をつき、不安と緊張で体が張り裂けそうになった。ブラジャーを外す前に、彼女は青いリボンをほどいて金褐色の髪を肩に垂らした。そして、乾いた唇を湿してから、思い切ってホックに手をかけた。

小さなブラは音もなく床に落ちた。

目の前に大きな影が動いたと思ったとたん、ニコラは厚くたくましい胸の中に強く抱き寄せられていた。震えながら開いた唇は、たちまち情熱的なキスの中にのみ込まれていった。

長く激しいキスがようやく終わったとき、ニコラはかすれた声で言った。「困りますわ、セニョール。ショーの最中に観客が飛び出して来てはいけないことになっておりますのよ」

「知らなかったよ」笑いを含んだ声でルイースは言った。「ショー・ガールが脱ぎ終わった時点でショーは終了だとばかり思っていた」

まだ一枚脱いでいないものがあると言いかけて、

ニコラは真っ赤になった。美しい色に染まった頬をルイースの唇がくすぐった。

「ショー・ガールが恥ずかしがるなんて、変だぞ」

「本物のショー・ガールじゃないんですもの」ニコラは顔を伏せ、ワイシャツのボタンを食い入るように見つめながらつぶやいた。「それに私、本当の妻らしいことも何一つして来なかったわ。でも、ルイース……私、あなたを……愛しているの。お願い、あなたの奥さんにしてちょうだい……今までのようじゃなく、本当の意味の、あなたの妻に……」

ルイースは壊れものでも扱うかのようにそっと彼女を抱き上げ、ベッドの上に下ろした。「かしこまりました。喜んで仰せに従いますよ、セニョーラ」

春風のように優しい彼の声が、ニコラの中に残っていた最後の不安を追い払った。骨も折れんばかりに彼女を抱き締めると、ルイースは少しだけ体を離してささやいた。「ほんの少しだけ待っていておくれ、ダーリン。僕も服を脱がなくちゃ……」

「手伝ってあげる」ニコラはベッドの上に起き上がり、絹地のワイシャツのボタンを外そうとした。しかし、気ばかりあせって指先がもつれるだけだ。ついに彼女はボタンを引きちぎってシャツを押し開き、胸と胸をぴったり合わせて満足のため息をついた。

ルイースの優しい手が彼女の中に狂おしいほどの甘い歓喜を引き起こしていった。愛する夫の名前をささやきながら、ニコラも同じ愛撫《あいぶ》を返した。それに呼応して夫の口から低いうめき声がもれたとき、彼女は焼け付くような喜びと興奮に体を震わせた。

もっと完全な喜びを味わうには、昨夜以上の苦痛に耐えなければならないとニコラは覚悟していた。だが、それは杞憂《きゆう》にすぎず、ルイースはどんな苦しみも与えずに優しく、辛抱強く妻を導いていった。ニコラは熱い大きな津波の上に押し上げられ、その頂でめくるめく歓喜にであった。

やがて、けだるい夢見心地の中で彼女はつぶやいた。「あなたのワイシャツを破いてしまったわ」

「何枚でも破いてくれ、こういう天国に連れて来てくれるのなら」ルイースの指先に静かにくすぐられ、ニコラは低い声で笑った。

「でも、メイドたちがどう思うかしら」

「主人夫婦の仲は非常に円満だと思うだけさ」そう言うルイースの声も笑いを含んでいる。

「私、一つだけ質問があるの……怒らないでくれる?」

「今は何を言われても怒る気になれないよ。どんな質問でもどうぞ、僕の奥さん《ミ・ムヘール》」

ニコラは、はにかみながらささやいた。「さっき、あなたは……天国って言ったけど、私は……こういうの、初めてだし、あなたは何度も……」

「僕だって初めてだよ。愛する女性と二人で本当の天国を見たのは断じて初めてだ。もっとも、言われたとおり、場数だけは踏んでいるけどね」申し訳なさそうに彼は言った。「経験の差はすぐに埋められるよ。僕が君の教師になってやろう」

ニコラは大げさに息を吸い込んだ。「無理ですわ、先生。先生の水準は高すぎます！」

「そうかもしれない。自分が恥ずかしいよ」

「嘘ばっかり」ニコラは夫のたくましい肩に軽くかみつき、その跡を優しいキスで覆った。「今まで、誰かからハンサムだって言われたこと、ある？」

「いや、一度も。君こそ、食べてしまいたいほどかわいいって人から言われたことがあるかい？　自分の命よりも愛しているって言われたことは？」

「それなのに、なぜ私を追い出そうとしたの？」

ルイースは深いため息をついた。「あんなむごい仕打ちを君にしておいて、今さら僕の妻として残ってくれと言う資格はないと思ったんだ」

「ああなった、そもそもの責めは私にあるのよ」

「あるとしても、ほんの少しだ。問題にもならない。ゆうべ君の寝顔を見ながら、僕はいつまでも朝が来ないようにと祈った。目を覚ませば、君は結婚式の夜と同じ、怪物に会ったような目で僕を見つめるに違いないと思ったからだ。それが恐ろしくてたまらなかったのと、もう永久に許してはもらえないだろうという絶望とで、君を送り出してしまったんだ」

ニコラは低い声でしゃべりだした。「結婚式の夜のことは……そうじゃないの。私、自分の気持を悟られるのが怖かったの。あなたへの愛を悟られて、笑われるのが怖かったのよ」

「笑う、この僕が？」はっとしたような声でルイースは言った。「たとえひとかけらでも君の愛を確信できたとしたら、僕はその場でひざまずいて神に感謝していたに違いない。ピラールが騒動を起こす直前、僕は君との生活を最初からやり直す決心を固めていたんだよ。君が行くはずだった南部へ新婚旅行に出かけて、館に帰るまでには必ず君の心を射止めてみせるつもりだった。そして今日、僕は髪飾りを取り戻しに小屋へ行って、そのまま何時間もあそこにいた。君との出会いからの一部始終を思い出して、ずっと自分を責め続けた。そして、悟ったんだ――君なしでは生きていけないと。館に戻ってすぐ、航空会社に電話してイギリス行きの便に予約を取った。君がまっすぐ実家へ帰ることに望みをかけて、先回りしようと思ったんだ。向こうで君に会えたら、どんなことをしても……必要とあらばひざまずいてでも、君を説き伏せて館に戻ってもらうつもりだった」

ニコラの胸いっぱいに幸せが広がった。テレジータの言ったことは間違いだ。ルイースは大切なプライドを捨てる覚悟まで固めるほど愛してくれている。喜びをかみしめながら彼女は静かに言った。

「でも、私のほうが先に帰って来たわ。これで満足いただけまして？」

ルイースはこわばった顔をほころばして微笑した。

「さまざまな面で満足いたしておりますよ、セニョーラ」

ニコラは、ふと真顔になった。「ルイース、あなたは以前、自分以外の男性の名は口にするなって言ったでしょう？　私、この際だからユーアンのこともちゃんと話しておきたいの。聞いてくださる？」

ルイースは軽く肩をすくめた。「話したければ話してもいいが、彼はもう重要な存在じゃない」

「ええ。でも私、これからの未来に、たった一つでも過去の疑問符の影を残したくないの」カルロータ・ガルシアの影もすでに消え去ったことに感謝しながら、ニコラはユーアンとの出会いから別れまでのいきさつ、そして、ルイースを怒らせたあの夢の内容まで、すべてを淡々と語って聞かせた。「それと、彼の手紙のことを言い忘れてたわ。実家の母が別の友人の手紙だと思い込んで転送して来たの。それが届いたのが……結婚の夜だったわ。読んで、わかったの——彼を愛していると思ったのは錯覚だった、あなたに対して抱いている感情こそ本物の愛だということが。そう悟ったとたんに、たまらなく怖くなったのよ」

「そんなことがあったのか」ルイースは静かに言った。「知らなかったよ。君のために手配した音楽に聞き入ってくれているものとばかり思っていた」

「音楽も、ちゃんと聞いていたわ」少し迷ってからニコラは言葉を続けた。「私たちが会った最初の晩、どうしてあのギター弾きを追い払ったの？」

彼は渋面になった。「あの恋の歌を聞いているうちに、自分がたまらなくいやになったんだ、あわよくば君をベッドに誘い込もうとしていた自分が」

「もう、そんな顔をしないで」ニコラは彼の頬を優しくさすりながら言った。「さっき話した手紙、まだ取ってあるの。読みたい？」

「君が読んでほしいと言うなら」

ニコラは夫の腕をすり抜けて鏡台の前へ行き、引き出しから丸めた紙を取り出してベッドに戻った。彼女を再び腕の中に抱き寄せながら、ルイースが満足そうに言った。「実にいい眺めだった。もっと用事を作って、部屋じゅうを歩き回らせようかな」

ニコラは膨《ふく》れっ面をして見せた。「さっさと読んでくれないと私、服を着てしまうわよ」

「気の毒だが、君には今夜一晩じゅう、そのままの姿でこの部屋にいてもらうよ」

「大変！」ニコラは不意に調子外れの声を上げた。「とっくに夕食の時間を過ぎてしまったわ。テレジータとクリフが待っているのに……」

「カルロスが抜かりなくやっているよ。我々があの二人に会うのは明日の朝だ」ルイースは紙のしわを伸ばし、軽く眉を寄せてタイプの字を追った。彼の

「気の毒に」というつぶやきがニコラを驚かした。

「誰が……ユーアンのこと？」

「いや、彼の妻のことだ」ルイースは手紙を二つに裂いてベッドの下に落とした。「さて、これで過去の影はすべて消え去った」

「後は、私たちの未来があるだけ……」ニコラは甘くささやき、夫の体にすり寄った。

ルイースは優しい愛撫で再び妻を歓喜へと誘いながら、美しく輝く緑色の目をのぞき込んだ。「そうだよ、ダーリン。僕たちの未来だ」

笑みをたたえた夫の目の優しさが、ニコラの胸を深い感動で揺り動かした。「ルイース……愛してるわ、とても言葉には表せないほどよ……」

ルイースは優しいキスで妻の唇をふさいだ。「表せるよ。こうすれば……」キスは急速に二人の情熱を高めていった。

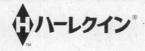

ハーレクイン・ロマンス　1985年6月刊（R-393）

蝶の館
2025年3月20日発行

著　　者	サラ・クレイヴン
訳　　者	大沢　晶（おおさわ　あきら）
発 行 人	鈴木幸辰
発 行 所	株式会社ハーパーコリンズ・ジャパン 東京都千代田区大手町 1-5-1 電話 04-2951-2000（注文） 0570-008091（読者ｻｰﾋﾞｽ係）
印刷・製本	大日本印刷株式会社 東京都新宿区市谷加賀町 1-1-1

ISBN978-4-596-72447-2 C0297

ハーレクイン・シリーズ 3月20日刊 発売中

ハーレクイン・ロマンス

愛の激しさを知る

消えた家政婦は愛し子を想う	アビー・グリーン／飯塚あい 訳	R-3953
君主と隠された小公子	カリー・アンソニー／森　未朝 訳	R-3954
トップセクレタリー **《伝説の名作選》**	アン・ウィール／松村和紀子 訳	R-3955
蝶の館 **《伝説の名作選》**	サラ・クレイヴン／大沢　晶 訳	R-3956

ハーレクイン・イマージュ

ピュアな思いに満たされる

スペイン富豪の疎遠な愛妻	ピッパ・ロスコー／日向由美 訳	I-2843
秘密のハイランド・ベビー **《至福の名作選》**	アリソン・フレイザー／やまのまや 訳	I-2844

ハーレクイン・マスターピース

世界に愛された作家たち
～永久不滅の銘作コレクション～

さよならを告げぬ理由 **《ベティ・ニールズ・コレクション》**	ベティ・ニールズ／小泉まや 訳	MP-114

ハーレクイン・プレゼンツ作家シリーズ別冊

魅惑のテーマが光る
極上セレクション

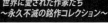

天使に魅入られた大富豪 **《リン・グレアム・ベスト・セレクション》**	リン・グレアム／朝戸まり 訳	PB-405

ハーレクイン・スペシャル・アンソロジー

小さな愛のドラマを花束にして…

大富豪の甘い独占愛 **《スター作家傑作選》**	リン・グレアム 他／山本みと 他 訳	HPA-68

文庫サイズ作品のご案内

◆ハーレクイン文庫・・・・・・・・・・・・・・毎月1日刊行
◆ハーレクインSP文庫・・・・・・・・・・毎月15日刊行
◆mirabooks・・・・・・・・・・・・・・・・・・毎月15日刊行

※文庫コーナーでお求めください。

3月28日発売

ハーレクイン・シリーズ 4月5日刊

ハーレクイン・ロマンス

愛の激しさを知る

放蕩ボスへの秘書の献身愛 〈大富豪の花嫁にⅠ〉	ミリー・アダムズ／悠木美桜 訳	R-3957
城主とずぶ濡れのシンデレラ 〈独身富豪の独占愛Ⅱ〉	ケイトリン・クルーズ／岬　一花 訳	R-3958
一夜の子のために 《伝説の名作選》	マヤ・ブレイク／松本果蓮 訳	R-3959
愛することが怖くて 《伝説の名作選》	リン・グレアム／西江璃子 訳	R-3960

ハーレクイン・イマージュ

ピュアな思いに満たされる

スペイン大富豪の愛の子	ケイト・ハーディ／神鳥奈穂子 訳	I-2845
真実は言えない 《至福の名作選》	レベッカ・ウインターズ／すなみ　翔 訳	I-2846

ハーレクイン・マスターピース

世界に愛された作家たち
〜永久不滅の銘作コレクション〜

億万長者の駆け引き 《キャロル・モーティマー・コレクション》	キャロル・モーティマー／結城玲子 訳	MP-115

ハーレクイン・ヒストリカル・スペシャル

華やかなりし時代へ誘う

公爵の手つかずの新妻	サラ・マロリー／藤倉詩音 訳	PHS-348
尼僧院から来た花嫁	デボラ・シモンズ／上木さよ子 訳	PHS-349

ハーレクイン・プレゼンツ作家シリーズ別冊

魅惑のテーマが光る
極上セレクション

最後の船旅 《ハーレクイン・ロマンス・タイムマシン》	アン・ハンプソン／馬渕早苗 訳	PB-406

※予告なく発売日・刊行タイトルが変更になる場合がございます。ご了承ください。